Yukina
Himeragi

彩昂祭的晝與夜

2

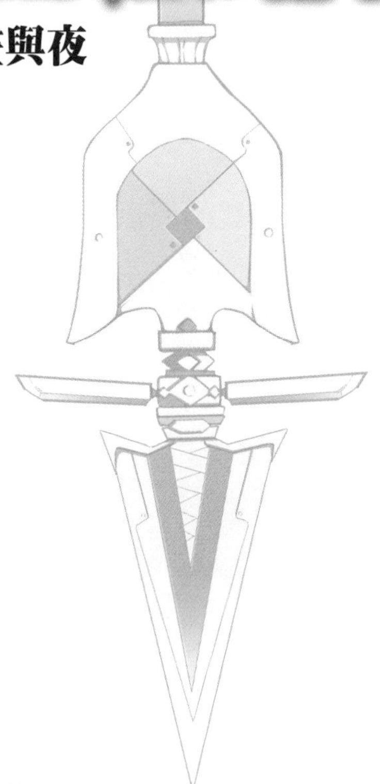

三雲岳斗 illustration マニャ子

Kadokawa Fantastic Novels

序章

Intro

波朧院節慶——

那是在十月最後一週於絃神島上舉辦的大規模慶典，煙火大會、戶外演唱會及扮裝遊行等五花八門的企畫將到處展開，舉全島之力狂歡一番。

為慶典增色的是南瓜燈籠與鬼怪扮裝。波朧院節慶的範本為萬聖節。絃神島屬於人工打造的新城市，並沒有傳統慶典或活動。作為行政服務的一環，人工島管理公社便制定了波朧院節慶這樣的節日。萬聖節原為驅邪的儀式，對被定位成「魔族特區」的這座島來說應該是相配又相符的慶典。

然而，如此光彩亮麗的節目背後卻有不為人知的巨大陰謀在蠢動。

Library of Criminal Organization——通稱「圖書館(LCO)」的國際犯罪組織來襲亦屬其中之一。

他們的目的是要支援「圖書館」的總記(General)，亦即「書記魔女(Notaria)」仙都木阿夜逃獄。不惜連親生女兒仙都木優麻也利用了以後，阿夜成功逃脫監獄結界，並開始一場志在實現自身願望的浩大實驗。

讓早已佚失的萬惡魔導書——「闇誓書」重現於世。靠著能隨意改寫現實的書籍之力，將異能之力從世上消滅，絃神島本身遲早就會跟著瓦解。仙都木阿夜的計畫便是如此。

但是，她的願望未能實現。

因為世界最強吸血鬼——「第四真祖」曉古城跟獅子王機關派來監視他的劍巫姬柊雪菜，與「空隙魔女」南宮那月合力打倒阿夜，拯救了絃神島。

仙都木阿夜再造的「闇誓書」也隨之消滅，世界暫且躲過了危機。

十一月隨後而至。

波朧院節慶的期間過去了，絃神島看似已經取回安穩的日常生活。

不過絃神島召開的慶典未必只有波朧院節慶。事實上，島內的某塊地方在波朧院節慶結束的同時便著手準備下一場活動。

彩昂祭。

這就是另一場新慶典的名稱。

由年輕學子以智慧、體力、熱情、惰性共同組成的青春盛會——

私立彩海學園的校慶。

第一章

前夜祭

-Eve Of The School Festival-

1

波朧院節慶餘韻未散的十一月中——彩海學園的學生們舉全校之力，正在趕著準備另一場慶典。

彩昂祭，也就是所謂的校慶。

彩海學園的校慶規模沒有特別大，預算也並非充裕，卻以每年都辦得異常熱鬧聞名。對在人工島上過活而缺乏娛樂的學生們來說，校慶算少數從日常生活跳脫出來的光景，要發洩日積月累的鬱悶不滿，那應該是大好機會。

正式的彩昂祭為期兩天，不過由於事前的準備與善後工作幾乎讓校方完全停課，實質上有將近一週的期間都算校慶。

而到了節慶前夕，裝點完成的彩海學園校舍光鮮亮麗，校地內到處都開始舉辦前夜祭的活動。

可是另一方面，也有不少進度落後的學生正忙著最後趕工。

高中部一年B班的彩昂祭執行委員藍羽淺蔥也是其中之一。

「怎麼樣，淺蔥？能用嗎？」

讀同班的築島倫在淺蔥耳邊問道。

她們所在之處是彩海學園的資訊教室，狹窄的伺服器機房裡堆滿了陌生的大型主機櫃，怎麼看都不像是高中課程會用的電腦。那是疑似基於特殊目的而設計，散發著詭異氣息的實驗機種。

淺蔥頭上戴著專用的頭罩式螢幕，傻眼地搖頭說：

「哪可能啊。這什麼嘛，根本是胡搞瞎搞。居然想靠這種ＯＳ讓這樣的機體運作——」

「別要求那麼多，畢竟我們等於是把預定要廢棄的試造機免費借來用。」

矢瀨基樹用彷彿事不關己的悠哉語氣安撫焦躁的淺蔥。

一年Ｂ班要在彩昂祭推出的活動是ＶＲＭＭＯ——也就是虛擬實境大型多人探險式（Virtual Reality Massively Multiplayer）「鬼屋」。

將最先進的虛擬實境系統跟「魔族特區」研發的幻術融合，藉此創造真實度前所未有的恐怖體驗，讓遊玩者感到身歷其境的鬼屋。當中位居要津的，就是淺蔥正在調整的幻術伺服器。矢瀨運用家裡的人脈硬是借來了某間企業研究的實驗機種。

「受不了，雖然說是阿倫拜託的事，但為什麼我會待在這種地方做白工……」

淺蔥鼓起腮幫子，卻還是指法俐落地敲著鍵盤，逐步改寫主機的資料。

雖說是用於活動的娛樂裝置，幻術伺服器仍屬高端的魔導科學製品，原本並非一介高中生能操控的玩意兒。何止如此，這部主機甚至是連研發企業的技術人員都放棄實用化的未完成品。

儘管這樣，淺蔥卻用即興編寫出來的程式輕易就啟動了主機。

從一看就像時下高中女生的外表根本無法想到，淺蔥的真面目可是讓全世界駭客畏懼的天才程式設計師。「電子女帝」的外號並非浪得虛名。

「這樣的話，全力從內核重新改造會比較快呢。摩怪，幫點忙。」

淺蔥將頭罩式螢幕的畫面切換掉，呼喚了顯示出來的人工智慧化身(AI)。由淺蔥取名為摩怪的人工智慧，其內在是掌管紘神島都市機能的五座超級電腦。醜玩偶風格的圖像亂有人味地格格笑著說：

『傷腦筋，拿妳沒辦法……欸，這啥東東，是所謂的身歷其境型遊戲主機嗎？這年頭還搬出虛擬實境的鬼屋，未免讓人覺得騙小孩吧？』

「因為是文化祭要推出的活動，這樣子剛剛好啦……好了，接著要重新啟動，來。」

淺蔥對人工智慧那些挖苦般的話左耳進右耳出，一邊重開主機電源。

下個瞬間，伺服器機房的凌亂景象就變成了典雅洋房的走廊，摩怪的玩偶風格圖像也變

為立體影像，飄到半空。用於ＶＲＭＭＯ的幻術伺服器把幻象直接投映到淺蔥等人的腦內。

「妳真行耶，淺蔥。嗯，有好好在運作喔。」

倫把手伸向無法觸及的立體影像牆壁，一臉滿意地微笑。

矢瀨也放心地吐氣說：

「這樣感覺勉強能趕上明天的彩昂祭。辛苦妳嘍。」

「是是是，不客氣。摩怪，這邊不用你幫忙了，地形和鬼怪的模組資料由我來安裝。」

淺蔥一邊確認幻術伺服器的運作狀況一邊草率吩咐。

可是摩怪沒有回話。

平時搭話頻率高得令人嫌煩的人工智慧難得保持沉默不語。淺蔥對此感到納悶，又呼喚對方：

「……摩怪？」

人工智慧依然什麼也不答。他的立體影像投映在半空，還夾雜著雜訊微幅顫動。具有玩偶般質感的化身表面不知不覺蒙上了近似霧靄的黑色物體。

『咯咯……！』

困惑的淺蔥視野有人工智慧化身詭異地發笑。

在幻覺描繪出來的景象當中，摩怪染黑的眼睛正默默地盯著淺蔥。

2

「曉同學，幫忙按住這塊招牌！不行，還是有點歪！」

「古城！幫我拿那裡的木材，拿木材啦！」

「曉，你來一下！遮光用的簾子根本不夠耶！」

班級企畫準備至今已來到最後大關，高中部一年B班的教室宛如化成了戰場。

就算號稱虛擬(VR)鬼屋，教室出入口及服務台仍需要裝飾得有模有樣，防止參觀者跌倒或撞上的安全措施也是必須的。諸如領班的定裝造型、宣傳用的傳單製作，即使幻術伺服器尚未準備就緒，該做的工作仍舊像山一樣多。古城莫名其妙地被塞了大部分的雜務，難免忍無可忍地大聲訴苦。

「夠啦！你們為什麼全都要找我！彩昂祭的執行委員是淺蔥才對吧！」

「有什麼辦法呢，藍羽她就不在嘛。」

同班的棚原夕步用毫不慚愧的語氣回嘴。好強程度不輸男生的她用手裡握著的鐵鎚前端指著古城的鼻尖說：

「曉，既然你沒有參加社團活動，學生會活動跟你也毫無關係，反正你閒著也是閒著，又是藍羽的搭檔，起碼要幫她這點忙啊！」

「妳別擅自認定我很閒！還有搭檔是什麼意思？」

「何況矢瀨也講過，在藍羽回來以前可以先把雜務交給你辦。」

「那傢伙……話都讓他說就好了……」

好友意料外的背叛讓古城焦躁得咬牙切齒。夕步繼續忙著固定遮光的簾子，並冷冷地仰望古城說：

「不要只會抱怨，反正事情總要有人做才行。所以嘍，這個拿去。就麻煩你了，曉。」

「這是什麼？」

古城打開被夕步塞到手裡的便條，眉頭皺了起來。

「採買的清單。需要壁報紙、膠帶、畫具、三夾板那些。」

「等一下，這些全都要我一個人去買嗎？」

古城望著用好幾張便條寫得密密麻麻的清單，板起臉心想：不可能吧。要把列出來的資材全部買齊，似乎輕輕鬆鬆就能裝滿一輛小卡車，無論怎麼想都不是一個人搬得了的量。

「人手不足嘛，沒辦法。你要設法解決。」

「我是能設什麼法啦！」

「那你要自己想啊，比如把跑去社團幫忙的那些人抓回來，或者跟那月美眉哭訴。」

「是、是喔……」

古城面有倦色地嘆氣。

夕步的指示感覺實在強人所難，但人手不足也是事實。離彩昂祭正式開始只剩半天不到的時間，再這樣下去，無法保證教室來得及裝飾完成。留在教室的同學全都不眠不休地工作，沒有多餘的勞力出去採買。

「唉，混帳……沒辦法啦。只好先抓個看起來閒閒沒事的傢伙……」

古城迅速地解決做到一半的雜務，然後腳步懶散地離開教室。

彩昂祭不只有班級企劃的活動，由社團及學生志願推出的節目也不少，古城他們班就有近一半的同學都出奔到學校各個地方了。為了找那些人幫忙，古城漫無頭緒地往校舍外走。

隨後，古城塞在口袋裡的智慧型手機響了起來。

「……誰啊，在這種時候打來。」

疲倦的古城連來電者名字都沒確認就接了電話，從中傳來少女激動得高八度的怒罵聲。

『欸，你是怎麼搞的嘛，曉古城！』

「煌坂嗎……突然打電話過來，妳在氣什麼？」

煌坂紗矢華連一句問候都沒有就破口大罵，使得古城生厭地反問對方。雖然她總是沒事就會打電話來，今天的態度卻比平時還要激動。

『還問我氣什麼！雪菜的事啦，雪菜！你們學校從明天開始就是校慶了吧！我有聽說雪菜要在話劇演主角的消息喔！』

「啊……這麼說來，之前她是有提過。」

古城聽出紗矢華激動的理由，就敷衍地嘀咕一句。

雪菜讀的班級國中部三年C班於彩昂祭第一天，似乎要在體育館演話劇。雖然當事人拚命想隱瞞，但雪菜要演主角的風聲滿早就傳到了古城耳裡。消息來源當然是古城的妹妹，曉凪沙。

『那麼重要的事情，你為什麼不早點告訴我！她演的是主角耶，主角！』

紗矢華似乎在怪罪古城冷淡的態度，還一個勁地喋喋不休。

「我為什麼非得向妳逐一報告那些事啊……說要演話劇，基本上也只是國中生班級推出的節目而已嘛。」

古城本來就被雪菜耳提面命過，要他別把話劇的事告訴紗矢華。因為溺愛雪菜的紗矢華有可能會拋下任務，不請自來地闖進彩海學園。

『少囉嗦！唉唷，現在才劃位根本來不及了啦！不，重要的是攝影機……我必須買台攝影機才行……還是應該聘個職業攝影師？』

「話說，妳不是正在執行獅子王機關的任務嗎？這些消息是從哪裡弄到的啊？」

古城困惑地反問。紗矢華並非絃神島的居民，在彩海學園認識的人應該也不多。

『有人提供情報啊。據說派了密探到彩海學園。』

「密探……？太有事了吧，妳說的那個情報提供者是什麼人？」

『呵呵，是我。』

代紗矢華回答的是一陣充滿氣質的優雅說話聲。對方雖然有些外國腔調，但國語幾乎無可挑剔。

「這聲音……！是拉．芙莉亞嗎？」

『答得好。許久不久了，古城。』

國語流利的美麗公主無視訝異的古城，自顧自地說道。

北歐阿爾迪基亞王國的正統公主，拉．芙莉亞．立赫班。性情和善伶俐，據說在國民之間廣受愛戴，有如典範一般的公主大人。不過，其實古城有點怕她。因為拉．芙莉亞頭腦太靈光，讓人不知道她在想些什麼，而且偶爾還可以感覺到她有可怕的壞心眼。

「……妳會跟煌坂在一起，難道說，妳也來絃神島了嗎？」

冒出不祥預感的古城問了。拉．芙莉亞用使壞似的嗓音嘻嘻笑著說：

『我以來賓身分出席國際會議，順路來這裡休假。因為優絲緹娜送上的報告書裡有寫到彩海學園校慶的事情。』

「慢著，妳總不會打算來彩昂祭吧！」

『有什麼問題嗎？簡章裡面可是寫到了，與學生有關的人在校慶期間都可以自由進出校園喔。』

拉．芙莉亞淡然指正。基於種種複雜的隱情，她在血緣上，論輩分是彩海學園國中部叶瀨夏音的外甥女，無疑是與學生有關係的人。

「話、話是這麼說沒錯，不過，妳是世界名人嘛！混進來我們這種普通學校的校慶，會造成混亂吧！」

『噢，這你不必擔心。因為我會喬裝好，以免被認出身分。』

「呃，妳說靠喬裝……」

古城不禁無言以對。他只有負面的預感。畢竟拉．芙莉亞擁有被譽為美神(Freja)再世的容貌，感覺靠等閒的喬裝並無法隱瞞過去。

拉．芙莉亞不顧古城的焦慮，還雀躍地媚聲說道：

『我們就快抵達彩海學園了，很期待與你還有夏音見面。那麼古城，之後見。』

「欸……等一下，拉．芙莉亞！煌坂，妳也幫忙阻止她啦！喂！」

古城朝手機大吼，但這時對方已經斷了回應。

在吵鬧的走廊一角，杵著不動的古城茫然仰頭向天。

「饒了我吧……」

3

古城緊握著智慧型手機恍神了一會兒，但現在不是發愣的時候——如此心想的他立刻重新振作。非得在拉．芙莉亞抵達彩海學園以前先逮到人，並設法阻止她們鬧事才行。古城想清楚以後就準備要跑，卻被碰巧路過的國中部女生叫住了。

「呃，出了什麼事嗎，學長？」

「姬柊！妳來得正好！」

「咦？」

雪菜一邊眨著大眼睛一邊仰望古城。她似乎也是為了替彩昂祭做準備，正在學校裡走動。古城發覺雪菜手裡捧著大行李，就納悶地蹙眉問：

「奇怪……妳拿的那些行李是什麼？」

「這、這是演話劇要用的服裝。因為我們接下來要排戲。」

雪菜說著就把戲服藏到自己背後。古城對她慌張的模樣感到疑惑，又問：

「排戲……對喔，煌坂就是知道這一點！所以她才沒有阻止拉・芙莉亞。」

「拉・芙莉亞公主？她怎麼了嗎？」

雪菜愣愣地歪過頭。古城苦惱地低頭嘆了氣。

「剛才我接到聯絡了，據說她打算現在來彩海學園玩。」

「公主要來玩……紗矢華也會跟她一起嗎？」

雪菜表情凝重地問了一句。古城聳聳肩點頭說：

「是啊，八成會。畢竟她好像也曉得妳會上台演話劇。」

「什——！」

「拉・芙莉亞說過她們姑且會喬裝過再來，所以應該是沒有要引起騷動的意思。希望她們參觀過妳排戲的過程就可以趕快回去……」

「參、參觀……？」

雪菜聽見古城嘀咕的內容，聲音就抖了起來。她表現出前所未見的窘迫態度使勁搖頭。

「不行，那樣不行！絕對不能讓她們參觀！」

「呃，可是妳難得演主角啊。」

觀眾多會比較好吧——古城心態輕鬆地回話。一瞬間，雪菜卻莫名心慌地視線亂飄說：

「咦！要說的話，那確實是主角，但……總之請學長千萬不要讓紗矢華她們接近！」

「妳這麼說，意思是正式演出前不能讓外人看嗎？」

「正、正式演出時也不能來看！尤其是紗矢華跟學長！」

「可是凪沙說她也會上台耶。」

「總、總之我說不行就是不行！我現在要去排戲了，但是請學長千萬不要跟來偷看！」

雪菜有些急切地交代完以後就碎步跑向體育館，古城愕然目送她的背影。他不明白雪菜為什麼會那麼焦急。

「呃……現在不是扯這些的時候！」

古城發現從校舍外傳來的喧嚷聲，連忙拔腿就跑。

眾人驚訝的原因是一輛停在正門前的轎車。若非國賓或大富翁，恐怕一輩子都沒有機會搭的高級黑色禮車。除了拉・芙莉亞她們以外，古城想不到還有什麼人會搭這麼誇張的車來參觀區區校慶。

「她們居然坐那麼招搖的車子過來！喬裝根本沒有意義嘛！」

額頭冒汗的古城前往正門。或許現在趕去已經遲了，但他覺得必須趁更多目光聚集過來以前，先將拉・芙莉亞她們藏起來。不過……

「……唔哇！」

才跑不到幾步，古城就跌了一大跤。他似乎被別人掉在地上的行李絆到了。那是用於搬電子鍵盤之類的樂器盒。

「痛痛痛……呃，我記得這只樂器盒……是煌坂的……？」

古城撿起眼熟的樂器盒，心裡有些混亂。

紗矢華隨身攜行的樂器盒裡面裝著名為「煌華麟」的銀色長劍。那是獅子王機關的試作兵器，據說連空間都能以模擬的形式加以斬斷，就算沒那種性能也一樣屬於會引起亂子的刀械。將如此危險的道具丟在校園，以攻魔師來說應該大有問題。

然而環顧四周，也看不見紗矢華的身影。

身材高挑的紗矢華醒目程度不會輸給拉．芙莉亞，即使在人群中應該也能一眼認出來。可是古城找不到她。紗矢華擱下裝著「煌華麟」的樂器盒，不知道消失到哪去了。

「……怎麼回事啊？」

古城隱約有種不好的預感，捧著樂器盒站了起來。此時，附近傳來了讓人聯想到不祥地縛靈的小小啜泣聲。

「小、小孩的哭聲……？」

古城板起臉發出驚呼。他沒想過兒童走失的可能性。假如是校慶當天也就罷了，在活動前一天的傍晚時分，感覺並不會有家長帶著小朋友來玩。

彩海學園的歷史並不算悠久，卻也流傳著一兩段校園怪談。尤其到了校慶準備期間，更是不乏有學生留在學校過夜而目睹幽靈的傳聞。再加上這裡是「魔族特區」——住著一大票正牌靈能力者以及死靈魔法師（Necromancer）的土地，古城會率先對幽靈起戒心反而是合理的反應。

就在隨後，從古城聽見啜泣聲的方向有人出聲叫了他。

「古城。我在這裡，古城。」

「……拉·芙莉亞？」

公主別具特色的說話腔調讓古城安心地回過頭。儘管詭異的啜泣聲還在持續，至少拉·芙莉亞好像沒有被其他學生發現就順利混進學校了。

然而朝說話聲傳來的方向望去，卻不見像拉·芙莉亞的人，當然也沒有紗矢華的人影。難道她們靠魔法藏起行蹤了？古城狐疑地心想。

「拉·芙莉亞？妳躲到哪裡了嗎？」

「我為何要躲呢？」

有些咬字不清的稚氣嗓音從古城身邊傳來。在校舍旁邊的紀念樹底下，站著一名年幼的外國少女。

年齡大概四五歲吧，擁有銀髮碧眼的可愛女孩。

她身上披著近似軍用禮服的成人用西裝外套。不用說，袖口自然是寬寬鬆鬆，衣服的下襬都拖到地上了。

「不過，事情似乎變得有些麻煩了。能請你出力幫忙嗎，古城？」

銀髮女童用親暱口氣朝古城喚道。

古城疑惑地回望對方。他不認識外國女童，卻不覺得自己跟她是初次見面。天使般的容貌與高貴氣質。眼前的年幼少女臉上明顯留有阿爾迪基亞公主的神韻。

「難、難道說……拉．芙莉亞，是妳嗎？那麼，在妳旁邊的該不會是……煌坂？」

古城用顫抖的嗓音提問。

在銀髮女童背後站著一名淡栗色頭髮的女童。

寬鬆的夏用毛衣與襯衫都跟紗矢華平常穿的制服一樣。

第二名女童用畏懼似的眼神仰望古城以後，就躲到銀髮女童背後嗚咽起來。之前傳出的不祥啜泣聲就是出自她口中。

「是的，誠如所言，我是拉．芙莉亞．立赫班，於阿爾迪基亞王國身居公主之位者。」

銀髮女童一邊安慰嗚咽的舞威媛，一邊優雅地微笑著告訴古城。

而古城凝視她們倆以後，只是呆愣地杵著不動。

4

單人牢房的門開著。人工島北區最底層，用於收容魔導罪犯的特殊拘留所。

「逃獄嗎……完全人去樓空了呢。」

南宮那月瞥了空蕩的單人牢房一眼，然後沒好氣地嘀咕。如洋娃娃般身穿豪華禮服的嬌小女性。雖然外表看起來只像十一二歲的少女，在帶路的監所管理員眼裡卻流露出對她的恐懼之情。南宮那月是國家攻魔官，以往於歐洲曾將眾多魔族推落恐怖深淵的高強魔女。

「萬分抱歉。早上定期巡邏時，倒是沒有發現異狀。」

監所管理員用結結巴巴的語氣辯解。發覺拘留所內收監的兩名魔導罪犯逃獄，是大約六小時前的事。搜索早已開始，至今卻還是查不出逃犯的下落。那月被找來的理由便是如此。希望她協助追查逃犯，這是來自拘留所的委託。

「封印的咒符沒破……所以這並沒有用到魔法。」

那月確認過單人牢房的門以後，意外似的挑眉。

刻印於門上的魔法目前仍未失效，表示對方並非靠魔法性質的手法強行破監。

「魔法拘束器有正常運作。『她們』原本就失去了『守護者』，想必沒辦法用多強的魔法讓拘留所內的干擾(Jamming)失去效果。」

「意思是她們不可能自力逃脫？」

「是、是的。畢竟特殊拘留所就是為此而設。」

那月面無表情地回望繼續說明的監所管理員一眼。

「倘若如此，就表示有共犯協助逃獄？」

「不……關於這一點，從監視裝置所見的範圍來看，都沒有發現遭到入侵的行跡。還不只魔法結界，連聲響、感壓、紅外線一類的電子感應器也毫無反應……」

「意思是沒有來自外界的入侵者嗎……哎，的確，我想她們倆也不值得讓『組織』的成員冒著危險來救人。」

「我、我也有同感。正因如此，我們這裡的人員都糊塗了……她們究竟是用什麼手段才從單人牢房逃脫……」

監所管理員帶著不知所措的臉色嘀咕。

讓魔導罪犯逃脫，拘留所職員難免會被究責。為了盡量減輕處分，想及早釐清逃獄手段應該就是他們的本心。

然而，那月卻冷冷地瞪向怕事的監所管理員。

「原來如此。但是，專程找我出馬，總不會只為了調查逃獄的手法吧？你們對此著急的真正理由，是不是也該做個交代了？」

「是……是的。妳、妳說得對。」

監所管理員繃緊表情，擦了額頭冒出的汗水。

「呃，關於這件事，希望妳千萬別傳到外頭去……其實，人工島管理公社在『上回事件』中扣留的證物，有一部分目前下落不明。」

「證物？」

那月不悅地瞇細眼睛。監所管理員僵硬地點頭回答：

「《No.014》不見了。從狀況來看，我想恐怕是被她們倆竊出的。」

「啊啊……原來是這麼一回事。乏味。」

那月嫌無聊似的哼了一聲。接著她似乎就失去了興致，轉身背對空無一人的牢房。

「南、南宮攻魔官？」

「事情弄清楚了。那就讓我回去處理原本的職務吧。現在是校慶前夕，教師有挺多工作要忙。」

「咦？可是，逃犯要怎麼辦呢……？」

監所管理員愕然反問，那月卻答得無情。

「由她們去。」

「但、但是……」

「會特地把《No.014》帶出去，表示她們的目的在於報復。」

「妳是說……報復？」

「既然如此，她們的下落也大致有底了。虧她們能想出這種餿主意。她們的心情並非無法理解，但就是惹錯了人。」

「是、是嗎……」

監所管理員語帶疑問地嘆了氣。雖然不曉得根據為何，總之，那月似乎判斷這次的逃犯並沒有多大危險性。

「比起那兩人，問題更大的還是這部分……」

那月如此嘀咕後，望向拘留所的天花板。近似無機質眼球的攝影機正默默地俯視著那月等人。

「假如真的沒有外人侵入，協助她們逃獄的會是誰？魔法被封住的她們怎麼會知道證物的所在處……？」

那月並未對自己說出口的疑問提出解答就扭曲空間，溶入虛空似的消失蹤影。被留下的監所管理員拔腿朝她追了過去。

通道上只剩仍在運作的監視攝影機。

咯咯——彷彿在嘲弄人的刺耳雜訊不知由何處傳來，隨即消失。

5

「——操作固有堆積時間（Personal History）的魔導書？」

跟銀髮女童面對面坐著的古城神色凝重地嘀咕。

「印象中，那是仙都木阿夜手上的書吧。好像叫《No.014》來著……」

「是的。唯有『圖書館』的總記才准閱覽的禁書——能剝奪他人經歷過的時間的受詛魔導書。」

自稱拉・芙莉亞・立赫班的銀髮女童咬字不清地解說。

Library of Criminal Organization——通稱「圖書館」。那是國際性的魔導犯罪組織名稱。

古城等人在大約兩個星期前的波朧院節慶就曾對上隸屬「圖書館」的魔女們，結果便協助逮捕她們。

《No.014》則是在該起事件中，「書記魔女」仙都木阿夜用過的魔導書。載於魔導書的

能力乃奪取對方經歷過的「時間」。固有堆積時間遭到剝奪者，不只肉體年齡會返老還童，在成長過程經歷的一切記憶也將喪失。視運用方式而定，它能讓任何強敵無力化，是極為危險的魔導書。

「就是把那月美眉變成女童的那玩意兒嘛。拉．芙莉亞，那妳會變成現在這模樣……」

「恐怕也是魔導書的魔法攻擊所致。」

遭受攻擊的拉．芙莉亞本人淡然回答，語氣彷彿事不關己。仙都木阿夜的魔導書有何威力，古城也相當清楚。既然拉．芙莉亞她們實際變成了幼兒，那本書應該已再次為人所用。

據說拉．芙莉亞察覺本身狀況有異是在剛抵達彩海學園以後。當她走下施有魔法防護結界的禮車那一刻，對方便趁機出手。

「不過到底是什麼人，基於什麼目的做出這種事……？」

古城提出的疑問使得拉．芙莉亞靜靜搖頭。

「不清楚呢。我又想不到有誰會對我懷恨在心。」

「咦？呃，話講得這麼篤定行嗎……？」

拉．芙莉亞的話實在說太滿，反而讓古城怕了。畢竟拉．芙莉亞是一國的公主，而且城府意外地深，即使四處招人忌妒或怨恨也沒什麼不可思議。

然而，公主卻毫不遲疑地斷然點頭說：

「當然了。既然如此，對方的目標應該就是紗矢華。一旦成為獅子王機關的舞威媛，就算在不知不覺間遭罪犯怨恨也不奇怪。」

「坦白講，我從之前就覺得……妳的個性還真敢。」

「呵呵，常有人這麼說。」

拉・芙莉亞和氣地對有一半是認真佩服的古城露出微笑。

而古城忽然對公主的態度感到不對勁，就看向旁邊的紗矢華做比較。視線對上的那一瞬間，變成幼兒的紗矢華就畏懼似的後退，還在拉・芙莉亞背後縮成一團。

「我說啊……煌坂會變成這樣，是被魔導書奪走記憶的影響吧？怎麼妳就記得我？」

紗矢華喪失了大部分的記憶，不只肉體，連心靈層面也完全變成幼兒，跟那月遭到仙都木阿夜攻擊時的症狀相同。然而拉・芙莉亞的性格卻沒有改變。公主的記憶沒被奪走。古城對此感到有疑問。

「這應該是託這個護符(Talisman)的福。」

拉・芙莉亞說著便拿出藏在胸口的墜飾。黃金鑲邊的綠寶石墜飾頂端刻有精細的魔法符文。

「這是阿爾迪基亞王室傳下來的神器，據說可以從詛咒或災厄中保護配戴者的靈魂。大概算能讓心靈攻擊型魔法失效的個人用防護屏障吧。」

「我是聽不太懂啦，反正類似於強效護身符嗎……所以即使身體變年輕了，妳的記憶也沒有被奪走。」

「是啊。不過，情況實在讓人傷腦筋呢。這副模樣有礙執行公務，何況發動魔法攻擊的那幫人未必光讓我們變成幼兒就會滿足。」

拉．芙莉亞憂愁地垂下目光。

「對喔……現在的煌坂確實沒辦法當妳的護衛。」

古城望著淚汪汪的馬尾女童，無力地嘆息。

紗矢華受到魔導書詛咒，一切的咒術知識及戰鬥經驗都被剝奪了。表示她正如外表所見，是個孱弱的女童，別說要保護拉．芙莉亞，大概連自保都有困難。

拉．芙莉亞似乎理解到事態有多嚴重，就一臉嚴肅地低頭望著自己的胸口說：

「說得是呢。古城，憑這副身軀，要與你行房也無法如願呢。」

認真聽公主講話的古城「噗咳！」一地猛咳。

「妳隨口說那什麼嚇人的話啦！那種事不重要吧！」

「……古城，意思是你對女童的肉體也會感到興奮嗎？」

銀髮女童看似有些驚訝地問了。古城猛搖頭說：

「才不是！別說那種會惹議的話！」

「古城，不可以。你發出那麼大的聲音會……」

拉．芙莉亞難得心急似的制止古城。

而在公主旁邊傳出了像是受到驚嚇的打嗝聲。

變成幼兒的紗矢華繃緊身體，還用含淚的濕潤眼睛看著古城。古城突然大聲怒罵似乎嚇到她了。

「啊！煌、煌坂……？」

古城發現紗矢華彷彿隨時都會哭出來，就真的慌了。

校慶準備期間，有大群學生來來往往，即使沒出岔子，古城帶著兩名女童的模樣也已經夠醒目了。假如讓紗矢華在這裡嚎啕大哭，別人會用什麼眼光看待？古城光想就覺得恐怖。

「……會嗎？大哥哥，你也會欺負人家嗎……？」

紗矢華不安地仰望驚慌的古城，而且還「對不起對不起對不起」地不斷向他道歉。路過的學生目睹紗矢華那樣的舉動，都開始竊竊私語。

「對了，我記得她的男性恐懼症好像是以往的心靈創傷造成的……」

古城承受著來自周圍的責怪眼光，無力地嘀咕。

與生俱來的強大靈力似乎讓紗矢華在小時候曾受到父親施暴。紗矢華會厭惡所有男性，據說就是因為這樣。

如今紗矢華變成了幼兒，當時的恐懼大概都鮮明地保留著吧，難怪她看到古城會害怕。

「不要緊喔，紗矢華，古城不可怕的，其實他非常喜歡妳。」

拉．芙莉亞彷彿要為害怕的紗矢華打氣，用溫柔的口吻說道。

淚汪汪的紗矢華聽了，便擠出所剩無幾的勇氣仰望古城。

「……真的嗎？大哥哥，你喜歡人家？」

「對、對啦……並不算討厭……」

古城懾於她直率的目光，還是老實地如此回答。一瞬間，紗矢華臉上取回了些許和年紀相符的開朗。

「你願不願意跟人家結婚？」

「結、結婚是嗎……呃，也未、未免太……」

話題亂跳是幼童講話的特徵，這讓古城慌了。

假如對方只是普通小朋友，那隨便哄幾句就能了事，但這名女童的內在是紗矢華。在這時候胡亂承諾，古城總覺得有股危險的預感。誰曉得紗矢華之後取回記憶的時候，會對他說什麼。

紗矢華看古城這麼遲疑不決，眼眶又開始泛淚。

「你果然不喜歡人家。」

「不、不是啦，沒那回事喔。我明白了。等妳長大之後，我們再來談，好嗎？」

「長大之後，你就願意跟人家結婚？」

紗矢華怯生生地往上瞟著古城問。

「啊～～……不然就那樣好啦。我知道了，等妳長大吧。」

古城對一切感到麻煩，便草草答覆。哎呀——拉．芙莉亞若有深意地睜大眼睛微笑。

紗矢華害羞似的紅著臉，還悄悄地湊到古城旁邊。她總算是聽話了，對此古城安心地捂了胸口。

就在隨後，有東西輕輕落到變成幼兒的紗矢華腳邊。

「欸，煌坂……這、這個是？」

從紗矢華身上滑落的是她的制服裙子，還有底下的白色小布塊。古城目瞪口呆地盯著那些愣住了。

目前紗矢華身上只穿了寬鬆的夏用毛衣與襯衫。那件襯衫的胸口其實也鬆垮垮，感覺一不小心就會讓肌膚露出來。

「因為身體變小，導致衣服尺寸不合了呢。」

拉．芙莉亞用冷靜的語氣指出這點。而要說到穿的衣服不合身，她也處於相同的立場就是了。

「這我曉得，但現在怎麼辦才好？帶著這副打扮的女童到處走動太危險了啦，首當其衝的可是我耶！」

古城一臉窘迫無比地抱頭苦惱。帶著沒穿內褲的女童到處走動，這種事要是有人報警，古城的人生肯定就完了。即使靠世界最強吸血鬼之力，似乎也克服不了這道難關。

「感覺我們換上童裝會比較好呢。」

拉．芙莉亞大概是對苦惱的古城感到同情，就難得提出了建設性的意見。

「呃，可是童裝到底要去哪裡找……」

「那不是要拿來賣的嗎？」

拉．芙莉亞說著指向在校園排成一列的攤子。由學生會義工主辦的義賣會。學生們從家裡帶來的淘汰品及舊衣物堆滿了展示花車，當中應該也有童裝。

「對耶……！」

找到希望的古城臉上一亮，朝校園跑去。待在義賣會場的那些學生看古城帶兩名女童挑起衣服的模樣，都吃驚地盯著他們。

6

以結論而言，看似童裝的衣物姑且算找到了。不過精確來說，那是變身美少女動畫迎合幼兒推出的角色扮裝服。耍賴的拉・芙莉亞表示無論如何都想穿，紗矢華也一樣淚汪汪地央求要買。

「沒問題嗎，煌坂？妳可以一個人換好衣服吧？」

古城在更衣室前面的走廊等紗矢華換衣服，一邊累慨慨地嘆氣。

「即使衣服先這樣就好……問題根本還是沒有解決。」

「說得是呢。魔導書的詛咒不能不解。」

拉・芙莉亞身上穿著輕盈飄逸的角色扮演服，還一臉嚴肅地附和。即使沒有發生這些狀況，動畫角色的服裝仍與容貌宛如妖精的她異常相配，路過的女學生們來拜託合照更是不只一兩次。

「我說啊，還是跟你們那裡的騎士團取得聯絡比較好吧？阿爾迪基亞不是有所謂的宮廷魔導技師……像叶瀨她老爸那樣的人才嗎？」

「不……很遺憾，即使靠宮廷魔導技師的能力，要解除魔導書的詛咒仍非易事。何況宮廷魔導技師與騎士團都對阿爾迪基亞的國家機密有所了解，得避免他們的記憶被人用魔導書之力奪走才行。」

「是嗎……原來還有這一層問題存在。」

拉．芙莉亞的話有說服力，使得古城無法反駁。敵人的身分及目的都未明，於現況胡亂求援或許也只會增加犧牲者。

「最確實的解咒方式，就是找出攻擊我們的施術者，然後搶走或破壞魔導書。」

「原來如此……這麼說來，那月美眉也做過一樣的事情。」

古城想起在與仙都木阿夜交手時，那月所採取的行動。為了解除本身受到的詛咒，那月直接以幼兒化的模樣一直伺機要從阿夜手中搶走魔導書。

「對了，那個人會知道魔導書的解咒方式吧？」

「你是指……『空隙魔女』南宮那月嗎？如果能得到她的協助，的確令人安心。」

拉．芙莉亞對古城的提議表示贊同。

「這個時間她應該還在學校，不過該怎麼找人呢……」

古城緩緩起身，朝滿是學生的校舍內望了一圈。

別看那月的外表，兼任國家攻魔官與教師的她可是大忙人。尤其到了彩昂祭期間，那月還有巡邏校內、應對來賓等事情要忙，古城連上哪裡找人都沒有頭緒。

「只要找到『空隙魔女』就好，對不對？古城，那你在這裡跪下。」

拉・芙莉亞用彷彿想出好主意的口氣高姿態地下令。

「要我跪是可以啦，不過妳到底想做什麼？」

古城感到納悶，一邊照著吩咐當場放低姿勢。而變成幼兒的拉・芙莉亞就爬上了古城的肩膀。

「你可以站起來了。」

「要騎在我肩上嗎……哎，碰到這種情況，也不得已吧。」

古城帶著複雜的臉色喃喃自語。假如是真正的幼兒也就罷了，但讓拉・芙莉亞騎在肩上似乎會構成許多問題，不過還是別對現況想太深好了——古城如此告訴自己。於是——

「嗯？怎麼了嗎，煌坂？」

紗矢華正好換完衣服出來，還伸出手拽了拽古城的制服下襬。

古城困惑地低頭看去，變成幼兒的紗矢華就伸出小小的雙手說：

「抱抱……人家也要抱抱……」

「咦……！」

「不可以嗎？」

馬尾女童的眼裡盈上了淚水。古城察覺到便急忙將她抱起來說：

「不會啦，當然可以啊。來～～好高好高！」

被古城抱起來的紗矢華「哇」地發出幸福的歡呼。

另一方面，周圍的其他學生看古城抱著兩名女童，眼神就像在看待十分可疑的人物。古城肯定被他們懷疑是戀童癖吧。狀況極為煎熬。

「我為什麼會這麼慘啊……」

古城緊咬嘴唇，把話含在口中。而拉・芙莉亞用兩手抓著古城的頭，硬是讓他向右轉了九十度。

「古城，你看那邊！」

「那月美眉嗎！糟糕，難道說她要離開學校？」

古城忍著脖子的痛，趕到了窗邊。嬌小女教師穿著鑲滿荷葉邊的禮服，正要搭上停在校園的計程車。

要是就這樣把她追丟了，不曉得下次遇到會是什麼時候。古城急忙衝出校舍，打算趕到計程車那邊。

這時候，被古城抱著的紗矢華突然急切地叫出聲音。

「大哥哥！」

「煌坂？這次又怎麼了？」

「人、人家要尿尿……」

「啥？妳說什麼……！」

古城慌了，在他臂彎裡的紗矢華忸忸怩怩地扭著身體。之前她大概都一直忍著不敢講吧。低著頭的紗矢華似乎隨時都會哭出來。

「我、我說啊……煌坂，妳能不能再忍一下？」

「嗚嗚……」

大顆眼淚從紗矢華臉上撲簌簌地掉下來。

「好啦！我知道啦，妳別哭！離、離這裡最近的女廁是在——！」

古城感到絕望，抱著紗矢華折回校舍裡頭。

載著那月的計程車靜靜駛離，逐漸消失在遠方。

7

後來不到一個小時，古城就累得像條破抹布，縮在走廊一隅。照顧變成幼兒的拉・芙莉亞和紗矢華讓他耗盡了體力。畢竟小孩這種生物一刻都靜不住，還會招惹無法預料的麻煩。高中男生要獨力應付兩個小孩，似乎還是有困難。

「不行啦……我一個人撐不住……」

古城精疲力竭地彎著背發出嘆息。幼兒特有的突發言行與無窮體力讓人忙得團團轉，古城已經消耗到極限了。假如這就是敵人要的，其戰略除了漂亮之外無話可形容，遠比半吊子的魔法攻擊有效。

順帶一提，拉．芙莉亞和紗矢華她們倆都坐在旁邊的逃生梯上，和樂融融地喝著飲料。只有拿到甜食的時候，她們才會乖乖的。

「咦，古城哥？」

有人從蜷縮著的古城背後出聲喚道。古城慢吞吞地回過頭，就看到穿著奇特服裝的凪沙與雪菜。凪沙披戴著禿頭假髮及僧侶的袈裟，至於雪菜，則是莫名其妙地穿著一身猴子布偶裝。

「學、學長？你為什麼會在這種地方……？」

雪菜滿臉通紅地用責備似的語氣問古城。

何苦問為什麼呢——古城無助地歪著頭說：

「妳們兩個……穿成那副模樣，是在做什麼……？」

「這是演話劇的戲服啊。我們剛剛才排完戲。」

大概是禿頭假髮實在太羞人，凪沙害羞地回答。原來是這樣喔——古城有氣無力地點點頭，又說：

「呃，不過那是演什麼的戲服啊？姬柊，話說妳不是演主角嗎？」

「嗚嗚……是的，要說是主角，確實也沒錯。雖然只是用爬格子決定的。」

雪菜不知為何用怨恨的眼神瞪向古城。被看見穿布偶裝的模樣似乎讓她很嘔。

「因為我們班演的劇碼是西遊記啊。滿講究的喔，比如演出效果和武打場面。」

「這樣啊……原來如此，演孫悟空是嗎？說來跟姬柊挺配的。」

古城聽過凪沙補充的說明，便心服地多嘀咕了一句。

雪菜當然就氣惱地揚起眉毛。

「……學長，請問你那樣說是什麼意思……？」

「呃，沒有啦，我不是說妳像猴子，妳想嘛，如意棒跟長槍有點像啊。」

古城急忙辯解。唔——雪菜嘸著嘴說：

「嗯，也對。棍與長槍在運用上是有共通的部分……但是，先不提那些……」

雪菜用聽似不太服氣的語氣如此嘀咕後，就把視線轉向拉．芙莉亞她們。

凪沙好像是看她那樣才總算注意到兩名女童的存在。拉．芙莉亞和紗矢華穿著角色扮演服的模樣，讓凪沙忍不住開心地叫出聲音。

「哇……好、好可愛！」

凪沙當場把禿頭假髮扔掉，跑到女童身邊。紗矢華嚇得想躲到拉．芙莉亞背後，凪沙卻完全不在意地把她們倆一塊摟到懷裡。

「好厲害喔，古城哥！你從哪裡撿來這麼可愛的女孩子？咦，可是，我好像在哪裡見過她們耶……哎，算了！」

凪沙對細節不多計較，就用臉磨蹭拉．芙莉亞她們。另一方面，雪菜則是表情凝重地仰望古城問：

「學長，這兩個人該不會……」

「對。她們是拉．芙莉亞與煌坂。」

古城語氣苦澀地說。訝異之色在雪菜眼裡擴散開來。

「是操控固有堆積時間的魔導書嗎？難道說，有人想對公主不利？」

「大概吧……姬柊，話說用妳的長槍，能不能讓她們恢復原貌？」

古城懷著一絲期待問道。雪菜卻遺憾似的搖頭。

「不……靠『雪霞狼』的魔力無效化能力，也無法抹消魔法攻擊造成的結果。假如能攻擊魔導書本身倒是另當別論……」

「表示沒有我想的那麼好解決嗎……」

古城深深嘆了氣。拉・芙莉亞她們的固有堆積時間恐怕處於受魔導書封印的狀態。要是能直接破壞魔導書，被奪走的「時間」就會歸回原處。然而用「雪霞狼」接觸拉・芙莉亞她們，並無法取回不在她們身上的「時間」。

「總之，我去拿『雪霞狼』過來。畢竟使用魔導書的犯人還有可能會襲擊公主。」

「我明白了。麻煩妳。」

古城對趕往教室的雪菜感到可靠並目送她離開。既然敵人是魔導罪犯，身為劍巫的雪菜就值得信賴。還有變成幼兒的拉・芙莉亞她們，交給凪沙照顧應該就沒問題。可以的話，古城不想拖她們下水，但現在並非奢求這些的時候——如此心想而釋懷的古城眼前，雪菜的背影突然晃了晃。

身穿布偶裝的雪菜腳步不穩，無助地跌了一跤。

「姬柊？喂，沒、沒事吧……？」

古城連忙趕過去，就看見布偶裝的手腳像氣球消了氣一樣，變得皺巴巴的。雪菜的身體縮小了兩圈，讓布偶裝變得寬寬鬆鬆。這就是她跌倒的原因。

「難……難道說，連姬柊也遭殃了……！」

古城戰戰兢兢地抱起雪菜被布偶裝裹著的身體。

朝古城仰望而來的，則是有著晶瑩剔透臉龐的年幼少女。雪菜變成了年紀約四五歲的女童，還閉緊了嘴唇拚命忍著不哭。

「喂……姬、姬柊……妳振作點……！」

「冷靜下來，古城。」

拉・芙莉亞靜靜地走向抱著雪菜發慌的古城，並開口喝斥了一句。

「呃，可是，姬柊她——」

「我了解。但是，雪菜受到攻擊，就表示發動魔法攻擊的施術者在這附近。要當心。」

「對、對喔……」

公主充滿威嚴的忠告總算讓古城取回冷靜。可是古城還沒確認完周遭情況，校園就驚傳另一道尖叫聲。

「凪沙！」

近似靜電的青白色火花迸出，凪沙癱倒在地。年幼的紗矢華擔心地抱穩昏倒的她。

於是有人影揪著紗矢華的脖子，硬是把她抱起來。

一人是身穿紅色裝束的女子。有如異國舞孃的暴露服裝；讓人聯想到魔法師法袍的長長兜帽，色調全都統一為血般的深紅。

另一名女子則是渾身漆黑。寬邊三角帽搭配黑色斗篷，全身上下還以看似緊身衣的黑色皮製騎士服包得密實。

「哎呀，可惜了……本來我也想奪走這女孩的時間，魔導書的詛咒卻受到了防阻，姊姊。是不是有什麼在保護她呢？」

深紅女子低頭看向凪沙，不解似的嘀咕。

「用不著在意啊，奧可塔薇亞。充作人質已經夠了。」

漆黑女子說著便嫵媚地笑了。

深紅魔女與漆黑魔女。古城曉得她們的名字。在波朧院節慶當天曾襲擊絃神島的國際魔導罪犯姊妹——

「我記得……妳們是『圖書館』的人……！」

「很榮幸被你認識，第四真祖。」

魔女姊妹輕蔑似的回望備戰的古城，然後妖豔地微笑。

「我們正是隸屬LCO第一類『哲學』的——艾瑪・梅雅與奧可塔薇亞・梅雅。為了向那邊的丫頭報仇，才會再次造訪。」

高聲大笑的魔女們手上拿著一本書。

那就是《No.014》，操控固有堆積時間的魔導書。

8

「兩位大嬸……原來是妳們啊。」

拉．芙莉亞率先以極為平靜的態度開口。她望著魔女姊妹的眼神裡反而還浮現掃興似的失望情緒。

「大、大嬸？」

拉．芙莉亞亂失禮的發言讓魔女姊妹敏感地起了反應。

銀髮女童卻無視這些，還用可愛的動作聳聳肩。

「兩位是為了對我們還以顏色，才不顧年紀從獄中逃出來呢。之前被教訓得那麼慘，居然還沒有失去報復的力氣，真是毅力可嘉。我也得效法才行呢。」

「好、好了啦，拉．芙莉亞。」

古城實在是擔心不完，便插話想阻止銀髮女童。魔女姊妹的臉色氣得又紅又黑，彷彿隨時都會血管爆裂。再這樣下去，誰知道她們會惱羞做出什麼。

「這、這丫頭就會耍嘴皮子……」

「妳懂不懂自己的立場呢，公主大人？」

漆黑魔女說著蹲到昏倒的凪沙旁邊。

「凪沙……！」

漆黑魔女只是以眼睛示意就制止了忍不住想衝上去的古城。她用短劍指著凪沙的頸子，應該是打算以人質相逼。

「請你別動，第四真祖。切莫擔心，我們無意加害令妹。」

深紅魔女語氣有禮地告訴古城。

漆黑魔女也舉著短劍點了頭，並將憤怒的視線朝向拉．芙莉亞。

「煩請尊駕保持不動，直到我們向那名黑心公主一清宿怨就好。」

「唔……」

古城咬響牙關。凪沙被抓去當人質，古城就不能動用力量。因為第四真祖眷獸的攻擊強大過頭，肯定會連累凪沙。

梅雅姊妹在波朧院節慶的那起事件中，敗給了拉．芙莉亞和紗矢華。姊妹倆應該就是為了報那次的仇才逃出拘留所，想對她們不利。

在拉．芙莉亞她們變成幼兒以後，梅雅姊妹沒有立刻現身，大概也是畏懼古城的存在所致。然而有了凪沙當人質，就連古城都不必提防了。這下子便可以毫無顧忌地雪恨，兩名魔女的臉都因期待施虐而變得扭曲。

「不得不依賴操控固有堆積時間的魔導書，可見兩位大嬸已經失去了魔女之力吧。」

拉・芙莉亞回望兩名笑得猙獰的魔女，並用鎮定的語氣問道。

魔女姊妹抹去笑容，不悅似的從鼻子哼聲。

「妳明白了那些又能如何，公主大人？」

「要對付現在的妳，我們用不著借助『守護者』之力就可以好好疼妳一番。」

「不……這可難說喔。」

面對兩名魔女的挑釁，拉・芙莉亞仍面不改色。公主莫名不在意的反應讓魔女姊妹不耐煩地氣歪了嘴。

「啥～～？」

「到了這個節骨眼還要逞強？不死心的丫頭。」

「兩位可憐的大嬸，失去了『守護者』之力，讓妳們都沒有察覺呢。」

拉・芙莉亞看似同情地回望殺氣騰騰的魔女們，緩緩搖了頭。

公主帶有同情的話語讓深紅魔女悶哼出來。

「我、我說姊姊啊……這、這個丫頭在講些什麼呢？」

不過被搭話的漆黑魔女並沒有回答她。

漆黑魔女望著妹妹的臉龐，全身僵得停住動作。

「奧、奧可塔薇亞……妳、妳後面……」

漆黑魔女以顫抖的聲音告訴她。

「……姊姊？」

深紅魔女仍抱著紗矢華當人質，並循著姊姊的視線回頭看向自己背後。剎那間，她也變得面無血色。

「……什麼！」

深紅魔女睜大的眼裡映著飄浮在半空的詭異身影。

那就像黑色的霧靄，或者也像生物。不知道那是吸納無數地縛靈的惡靈，還是由「死」的概念具現而成的存在。

深紅魔女凝視了那群難以名狀的怪物後便往後退。

「這、這些鬼東西，是怎麼來的……？」

「那是紗矢華召喚的死靈。」

拉·芙莉亞回答了魔女的問題。銀髮女童舉止成熟地把手湊到豐滿的臉頰上，淡然告訴對方。

「死、死靈？」

「另外還有闇之精靈，以及類似思念體的不明物……」

在拉．芙莉亞繼續說明的期間，怪物的數量仍逐漸增加。起初模糊的死靈輪廓變深，其駭人模樣已經明顯具有實體。

「為、為什麼這樣的小孩能召喚出那種怪物……！」

深紅魔女承受不住恐懼，放開了抱在手裡的紗矢華。

即使如此，紗矢華仍哭個不停，肩膀還一抽一抽地顫抖。年幼的她所感受到的恐懼將死靈們召集過來了。

「喂，拉．芙莉亞……感覺這邊也不太妙耶……」

古城用僵硬的語氣求救。變成幼兒的雪菜情況不對勁，圓圓的眼睛失去了所有感情，龐大的神氣在她身邊打轉著。

只見周圍氣溫逐漸下降，整年都是夏天的絃神島開始有零星雪花。方才仍晴朗的天空烏雲密布，雷鳴撼動大氣。

「是神靈附體呢。大概是所謂的荒御魂吧。古城，萬萬不要對雪菜有怠慢之處——」

拉．芙莉亞語氣嚴肅地警告。古城臉色蒼白地點了頭。

古城想起之前從雪菜那裡聽到的內情。紗矢華在小時候無法駕馭過強的靈力，這成了父母虐待她的原因。而且，雪菜同樣是因為靈力強大才會從小就受到獅子王機關保護。

雪菜和紗矢華變成幼兒，使得她們倆都失去了靠訓練學會的靈力駕馭技術。如今她們累聚著危險的靈力，一有風吹草動就會爆發。

而且紗矢華的恐懼還有雪菜的憤怒，都將矛頭指向了魔女姊妹。

「姊姊，救、救救我……！」

「住、住手……拉．芙莉亞．立赫班，快讓她們住手！我、我們這邊可是有人質……」

漆黑魔女有些恐慌，就打算拿昏迷的凪沙當擋箭牌。然而漆黑魔女手裡握著的短劍卻突然在那一瞬間連根斷開。

間隔片刻，響起了槍聲。

發射槍彈的人是拉．芙莉亞。銀髮女童手中握著黝亮的軍用自動手槍。

「不、不會吧！欸……妳、妳這樣很危險耶！快、快停止！」

彷彿在確認變成幼兒後瞄準時的不協調感，拉．芙莉亞默默地接連扣下扳機。漆黑魔女被射出的槍彈擦過臉頰而尖叫起來。

「失禮了，兩位大嬸。我是打算盡可能手下留情，不過，我還不習慣用這副身軀開槍射擊。如果不小心命中要害，屆時還請見諒。」

拉．芙莉亞用不負責任的語氣斷言，槍擊在這段期間仍持續著。漆黑魔女失去了「守護者」，無從防禦那樣的攻擊。她顧不得形象地拚命逃竄。

「姊、姊姊……救我……我快被拖進又深又暗的地方了……好冷……」

另一方面，深紅魔女被雪菜和紗矢華失控的靈力直接波及，連尖叫都發不出來。結凍的大氣奪去體溫，糾纏過來的眾多死靈甚至讓她的意識都朦朧了。

「等……等等，我把魔導書給妳！書給妳，饒過我們！救命！」

魔女姊妹終於趴到地上，大叫著懇求拉．芙莉亞。

「哎呀，已經完了嗎？兩位可真是沒意思。」

銀髮女童俯視著兩名魔女，覺得無趣似的嘀咕。

那就是公主的真心話吧。被敵人用魔導書下咒攻擊，還有魔女姊妹來襲，對拉．芙莉亞而言剛好可以排遣無聊。話雖如此，古城等人都是靠她這份膽識得救亦屬事實。

「事情就此解決了呢。」

銀髮女童撿起魔導書這麼說道，並帶著惹人憐愛的笑容看向古城。而在校園那邊，雪菜和紗矢華持續失控，魔女姊妹至今依然被席捲的靈力擺弄——

「…………」

唉，算啦——古城一語不發地聳了聳肩。

9

之後特區警備隊不到十分鐘就趕來，魔女姊妹都輕易落網了。被弄得不成人形的兩人已經沒有氣力和體力再抵抗。

「我本來就覺得八成會變成這樣，沒想到事情這麼容易就收拾了。」

晚些回到學校的南宮那月向累倒在校園一隅的古城搭話。

「既然妳曉得，就早點來幫忙嘛。多虧如此，我剛才有夠慘的。」

「誰理你。我討厭小孩子。」

那月用不近人情的冷冷口氣說道。

「……明明妳自己就長得一副小孩樣……好痛！」

忍不住將真心話說溜嘴的古城被那月用看不見的謎樣攻擊揍了。接著，那月轉而對被逮的魔女姊妹說：

「我要問一件事情，梅雅姊妹。拘留所的電子鎖被破解，是妳們下的手嗎？妳們用了什麼方式打開單人牢房的門？」

「……我們才不管那些呢。是吧，姊姊？」

把臉撇一邊的深紅魔女回答。漆黑魔女也懶懶地點頭說：

「是啊，沒錯。當我們察覺時，門鎖已經是開的了。干擾魔法的裝置也停擺了。」

「這樣嗎……那麼，是誰告訴妳們《No.014》的保管地點及公主的下落？」

那月在手中把玩收回來的魔導書，又提出了疑問。

魔女姊妹沉默了半晌才喃喃開口：

「我們聽見了聲音。」

「……聲音？」

「對。從拘留所的廣播喇叭傳出聲音，指引了我們。那聲音笑得怪裡怪氣呢，咯咯嘎嘎的，感覺沒什麼氣質……」

「哼……」

這套說詞不入耳——那月蹙起眉頭。看來連魔女姊妹心裡也對協助自己逃獄的人物沒個底。

「哎，也罷，那部份讓特區警備隊的人去查就行了。妳也覺得無妨吧，拉・芙莉亞・立赫班？」

「是的，我不介意。」

依舊一副幼兒模樣的拉．芙莉亞優雅地微笑點了頭。對於早就屈服的魔女姊妹，拉．芙莉亞應該已經失去興趣。

「那月美眉，重要的是她們什麼時候才會恢復原貌？」

古城指著依舊一副幼兒模樣的雪菜她們，聲音疲憊地問了一句。

儘管勉強止住了靈力的失控，紗矢華卻還是畏畏縮縮，雪菜也依舊默不吭聲。即使如此，她們倆都貼著古城，片刻不離。

「我讓魔導書的功能停止了，隔一會兒詛咒的效力應該就會中斷。在那之前你就努力照顧她們吧。」

那月只有交代這些，便帶著被捕的魔女姊妹溶於虛空似的消失了。被留下的古城無奈地嘆息。結果只能等詛咒自己解開──那月似乎是這個意思。

「紗矢華她們還真是黏你呢。能看到她們小時候的模樣，你不覺得高興嗎？」

拉．芙莉亞看古城被兩名女童纏著不放，便看似愉悅地問道。

「唉，稍微啦。」

古城語帶苦笑地如此回答。被年幼的紗矢華和雪菜這樣黏著，本來是絕無可能發生的事情。古城心想雖說惹了不少麻煩，但就這方面而言，也許倒可以稍微感謝那對魔女姊妹。

「那麼古城，你能不能也抱抱我呢？」

拉・芙莉亞不知為何又換回了原本的軍用禮服，說著便坐到古城的腿上。被近在眼前的銀髮女童仰望，古城感到困惑地說：

「何必啦，妳的內在並沒有改變吧。」

「有何不可呢？畢竟只有現在可以這樣做啊。」

拉・芙莉亞不由分說地將雙手勾上來，躺進古城的臂彎裡。紗矢華和雪菜見狀，就不服氣地巴著古城的雙臂。

「只抱拉・芙莉亞，好詐喔。人家也要。」

「……抱抱。」

「受不了妳們幾個。輪流啦，輪流！」

被三名女童巴著的古城咕噥。在目睹那一幕的學生之間，古城有戀童癖的嫌疑正急速加劇。

「話說，古城，你有沒有忘記什麼重要的事情？」

滿足似的整個人靠在古城身上的拉・芙莉亞忽然提出問題。古城回神倒抽一口氣說：

「啊！對喔，我本來是要去採買。慘了……棚原他們八成在生氣。」

「不，我指的並不是那種事。假如魔導書的詛咒就這樣消失……」

拉・芙莉亞的話還沒說完，就突然「啪」地冒出好似有東西裂開的聲音。

「……啪？」

三名女童的肉體在困惑的古城臂彎中產生變化。

手腳長度急遽伸展開來，原本平坦的體態添了曲線。嬌弱的體格不變，壓在古城雙臂上的重量逐漸增加。被魔導書奪走的「時間」各自回歸原主，讓她們一舉長大到本來的年齡。

拉・芙莉亞已經換上自己準備的軍用禮服，雪菜仍穿著布偶裝。然而，問題在紗矢華。迎合小孩的角色扮演服看起來作工廉價，無法承受她的急遽成長，便劈劈啪啪地逐漸撐破散開。

「唔……嗯～～……奇怪？我是怎麼了……？」

紗矢華取回了之前失去的記憶以後，帶著還有些睡迷糊的表情看了周圍一圈。古城來不及應付她們的急遽成長，手裡抱著紗矢華就這麼僵住了。

「煌、煌坂……」

「……咦？」

紗矢華好像是聽見古城嘀咕才總算察覺自己所處的狀況。她身上只貼著童裝撐破以後的碎布，還衣不蔽體地被古城抱著。紗矢華僵凝的全身因羞恥與憤怒而逐漸染紅。

「曉……曉、曉古城～～～～～～！」

「慢、慢著，煌坂，聽我說……這、這算是不可抗力，當中有隱情啦……！」

古城被紗矢華掐住脖子，還拚命辯解。

從這樣的古城背後傳來了不尋常的大氣震動。猛一看，氣得瞇起眼的雪菜正滿臉憤怒地盯著古城。

「學長……你究竟對紗矢華做了什麼……！」

「就說是誤會了！拉．芙莉亞，拜託妳也幫忙解釋……！」

古城向唯一可以當證人的公主呼救。然而，拉．芙莉亞卻只是望著半裸與古城相擁的紗矢華，看似頗感興趣地微笑著。

「呵呵呵，這就是日本人常提到的既成事實呢。」

「不對……一點都不對！」

儘管絕望感湧上心頭，古城仍拚命否認。

「嗯……古城哥……怎麼了嗎？」

屋漏偏逢連夜雨，之前昏倒的凪沙好像醒來了。雪菜依然用不悅的臉色瞪著古城，而拉．芙莉亞只是笑吟吟地瞇著眼睛。為了遮住身體而始終巴著古城的紗矢華則用簡直要震破鼓膜的音量破口大罵：

「曉古城你這白痴——！」

事情發生在彩昂祭前夕——

前夜祭才剛剛開始。

To Be Continued...

「黑色的威脅」

「——在那裡嗎！」

南宮那月翻起華美的荷葉邊下襬回頭。從虛空吐出的銀鏈如子彈般劃穿大氣。

「怎麼會！居然被躲開了！」

那月震驚得皺起臉。映於她眼中的是恐懼之色。大名鼎鼎的「空隙魔女」正在害怕。

「別讓牠溜了，姬柊雪菜！」

「好的！」

雪菜帶著緊繃的表情點頭，並用銀槍朝漆黑的敵影一閃而過。但……

「——牠飛起來了！」

雪霞狼的一擊枉然落空，雪菜急得咬住嘴脣。漆黑身影的反應速度勝過雪菜她們。

「曉古城，召喚眷獸！用眷獸燒了牠！」

「可、可是……！」

那月的命令讓古城感到遲疑。

這個敵人確實具有驚人的生命力與增殖速度，若是用第四真祖的眷獸，當然就能確實擊斃才對，但代價未免太大了。別說彩海學園的校舍，搞不好連絃神島都將半毀。

「曉，動作快！再讓牠增殖下去可就對付不完了！」

「——學長！」

「唔……！」

古城苦惱地撇嘴。

「…………」

望著古城等人如此掙扎的亞絲塔露蒂默默走向前。然後她代替慌亂的那月她們，面無表情地拿起殺蟲劑，噴向名字以蟑開頭的黝亮昆蟲。

SS THE BLOOD #5

第二章
揭幕
-The Curtain Raiser-

1

MAR亦即Magna Ataraxia Research公司，是代表東亞地區的龐大企業。研發項目之廣從醫療用品遍及戰鬥機，在全球屬於屈指可數的魔導產業複合體。

而曉深森則是受僱於MAR的醫療部門研究主任。

今年已三十三歲，還長著一副看不出育有兩名兒女的娃娃臉。長相與其形容成美女，不如說可愛，個頭不高不矮。沒有完全睜開的眼皮總給人愛睏的印象，留長的頭髮又蓬又亂，嘴邊還叼著吃完的冰棒棍代替香菸。

從外貌一眼就可以看出她是個私生活散漫的女性。實際上，這名人物的懶散程度甚至會因為嫌通勤麻煩，一週當中有大半時間都在研究所過夜——

「主任，打擾妳一下。」

當這樣的深森難得準備回家時，年輕的研究助手就叫了她。助手正經八百的臉上浮現了一絲焦慮。

「哼哼～～……怎麼了嗎？你要不要吃冰？」

「不用了。」

年輕助手冷冷地制止朝私人冰盒伸出手的深森，並且急促地繼續說：

「預定要銷毀的實驗藥品數量與帳目不合。從文件上來看，應該還剩十二盒才對。」

「假如是我們這裡調製的藥，都會在那邊的電腦顯示出位置資訊啊。輸入憑單的追蹤代碼看看？」

深森一面撕開拿出的冰棒包裝袋，一面回以草率的建議。

助手趕到深森提及的電腦旁邊，叫出了所需的資訊。跟一臉幸福地舔著冰棒的上司呈對比，助手的臉色越漸凝重。

「位置資訊……有了。是這條項目對吧。可是……」

「哼哼？」

「實驗藥品的管理狀態……顯示為已出貨。」

「已出貨？不是預定要銷毀嗎？」

「內容物的標籤被覆蓋了。會是運送系統出錯嗎……不，或許有來自外部的駭客攻擊。可是這上面……顯示的出貨地點是……」

「哎呀呀……還真是令人意外的地方……」

深森在臉色發青的助手背後探頭看向電腦畫面，微微露出苦笑。因為這批誤送的實驗藥

品被運到跟她緣分不淺的地方了。

「話說，送出去的是哪種實驗藥品？」

深森隨口問道。助手帶著嚴肅的表情嘆息。

「B型試藥。安忒洛斯B型。」

「咦？你說的B型試藥，是之前那款嗎？」

深森睜大了眼睛，露出彷彿夾雜著訝異與好奇心的表情。

「是的。通稱『B藥』……」

「啊～～……那就不妙了耶。」

「不妙了啊。」

面對深森好似不關己事的反應，助手焦躁地附和。

認真的部下正在煩惱，深森卻無視於此，露出使壞般的微笑說：

「哎，事到如今慌也沒用，總之……你要不要吃冰？」

「不用了。」

助手用公事公辦的語氣這麼回答，然後絕望似的垂下頭。

2

矢瀨基樹待在教室角落，累懨懨地讓疲倦的身體躺臥著。

而他旁邊，還有「第四真祖」曉古城趴倒在地上。古城累到呈土色的那張臉，與其說是世界最強吸血鬼，反而還比較像喪屍。

「弄……弄完了……」

古城把原本握著的鐵鎚扔在地上，發出虛弱的聲音。

彩海學園校慶——通稱「彩昂祭」的早晨。古城等人就讀的高中部一年B班推出的活動是鬼屋，而且還是應用了「魔族特區」技術的虛擬實境大型多人探險式鬼屋（VRMMO）。

矢瀨運用家裡的人脈，免費借到了原本預定廢棄的幻術投映伺服器，事情至此都還算順利，不過敗筆在於他們後來鬆懈了。把心思花在設置伺服器的期間，教室裝飾及服裝製作等要緊的鬼屋布置工作便一拖再拖，到最後就落得昨晚在學校通宵趕工的下場。

「哎呀～～我一時還想說會搞成怎樣，卻還是勉強完工了嘛。」

矢瀨環顧總算布置完成的教室，並且發出乾笑。再過不久就是上午十點，離校慶開場時刻只差一點點。

「對嘛，就是說啊。這樣就可以小睡一會兒了……」

同樣通宵趕工的古城看似心滿意足地嘀咕以後，閉上了眼睛。被遮光簾遮住窗戶的教室裡一片昏暗，以補眠來說環境絕佳。

古城和矢瀨委身於舒暢的疲倦感，逐漸陷入沉眠。擔任彩昂祭執行委員並負責掌管準備工作的藍羽淺蔥粗魯地把他們倆挖起來。

「欸，那邊那兩個！你們幹嘛偷懶，別睡了！」

「凶什麼啦……！都還沒有客人來吧。」

古城一邊揉著被打的頭一邊小聲反駁。

「所以你們要去招攬客人啊。來，東西拿著，招牌和變裝用的頭套。」

淺蔥說著就把攬客用的小道具推到古城他們胸前。

古城原本還想再抗議，但是看淺蔥氣勢洶洶地俯視著他們就吭不出聲了。淺蔥穿著傳統水手服，還戴了黑色的長長假髮，臉上則塗有黏呼呼的假血。即使腦袋明白那是扮幽靈的特殊化妝，還是讓人覺得很恐怖。

「我昨天還不是為了調整幻術伺服器，忙得整晚都沒睡！總之人手就是不夠嘛！把這些傳單發完以前，你們可沒有自由時間！」

「真的假的……」

古城望著紙箱裡裝得滿滿的傳單，發出絕望的嘆息。矢瀨也是一副類似的臉色，還無奈地聳聳肩。

下一刻，教室的門在他們背後打開了。淺蔥察覺有學生以外的人探頭看進來的動靜，便陪笑著回過頭。

「啊，歡迎光臨。現在登記的話，十一點以後的團次還有名額喔。」

「哇～上次玩鬼屋不知道是幾年前了，好像很有趣～」

淺蔥的招呼詞得到了含笑的親切女性嗓音回應。

而淺蔥看見聲音的主人，就訝異地睜大眼睛。

「咦……？深森阿姨！」

「什麼……！」

古城和矢瀨聽見淺蔥說的話，都抬起了臉。有個披著皺巴巴白袍的娃娃臉女性正開朗地朝他們招手。

「啊～找到了找到了，古城。還有矢瀨和淺蔥，近來好嗎？」

「伯母好，好久不見了。」

矢瀨站起來向對方行禮。他和淺蔥都是古城從國中時期來往至今的朋友，跟深森基本上也互相認識。唯獨古城因為在意料外的地方和母親碰面，露出了尷尬的表情。

「誰啊？藍羽，妳認識她？」

「嗯。這位是古城的媽媽。」

淺蔥被待在附近的同班同學棚原夕步問到，便簡潔地說明。哦——夕步露出好奇的表情，沒大沒小地盯著深森說：

「是喔～～伯母好年輕耶。這麼說來，氣質好像也跟曉的小妹有點像……藍羽，那妳要加油。先從周圍的親屬打好關係，也算是一大任務呢。」

「啥！什、什麼叫周圍親屬……？」

夕步冷不防說出的玩笑話讓淺蔥心慌意亂。

在這段期間，深森還殷勤過頭地到處跟兒子的同學們問候，古城似乎受不了她這樣，就硬把她趕到走廊上。

「妳是怎樣啦，突然跑過來？之前不是說有工作要忙，沒辦法參加彩昂祭嗎？」

「哼哼～～要說的話，我可是來工作的呢～～」

深森被古城逼問，便用若有深意的語氣說道。

「啊？」

「你想嘛，提到ＭＡＲ（我們公司），不是製造了許多東西嗎？從零嘴到大規模殺傷性武器都包含在內。」

「……所以又怎樣？妳不是待在醫療部門嗎？」

古城沒好氣地反問回去。ＭＡＲ確實在零食業界也很有名，不過那跟深森的工作應該沒多大關係。

「對對對，醫療部門。然後醫療部門有尚在實驗階段的藥品，好像被人誤送出去了。」

「誤……誤送？」

深森若無其事講出來的話，使古城等人感到強烈不安。光是誤送醫藥品，問題就夠大的了，何況還跟深森扯上關係，只會讓人有糟糕透頂的預感。

「原本預定要發貨的零食紙箱裡，被人偷偷混了藥品進去呢。原因似乎是來自外部的駭客攻擊。」

深森用不負責任的語氣繼續說道。矢瀨聽了她的說明，就警覺地蹙起眉頭問：

「……駭客攻擊？」

「不、不是我做的喔。」

淺蔥急忙否認。雖然從光鮮亮麗的外表不太能想像，但她是手腕高超到連人工島管理公社都會付高薪聘請的程式設計師。假如是淺蔥，八成可以闖過ＭＡＲ的嚴密資安防護，反過來說，這表示竄改出貨資料的駭客實力足以與淺蔥匹敵。

「話說，出了這種事妳還跑來彩昂祭玩，這樣行嗎？」

古城用責備般的目光看向母親。於是深森和氣地微笑搖頭說：

「不對喔。就是因為出了這種事，我才來的喔～」

「什麼意思？」

「畢竟商品被送到了彩海學園來嘛。」

深森用俏皮的語氣坦承，古城等人頓時驚呼：「啥！」並同時倒抽一口氣。

「等一下，這表示有還在實驗階段的藥品混進了彩海學園（我們學校）吧？」

「是啊是啊，我向學校辦公室諮詢過，他們說今天送到的貨物都是由彩昂祭的執行委員負責分類～」

「啊……因為我們大量採購了做生意要用的食材和獎品。」

矢瀨冷靜地接納深森的說明，古城則臉色蒼白地逼近深森說：

「欸，這不是讓妳老神在在的時候吧！假如有學生誤食藥品怎麼辦！」

「不要緊不要緊。即使服用下去也不會對人體有害的。」

「這、這樣喔……呃，可是……」

「所以嘍，機會難得，我打算找出把藥吃下去的學生，向他們確認藥效～」

「別拿無辜的一般學生做人體實驗啦！」

古城認真地朝親生母親動怒大吼。淺蔥看似越聽越擔心，就望著深森問道：

「阿姨說的實驗藥品，是哪種藥呢？光看就可以知道效果嗎？」

「呃～～它叫B型試藥～～……簡單來講嘛，就是春藥……也可以當催情劑吧～～」

深森在胸前交握雙手，還用愉悅的語氣這麼說道。淺蔥則驚訝得發出高八度的聲音說：

「催、催情劑？」

「淺、淺蔥，妳傻了嗎……！」

矢瀨連忙摀住淺蔥的嘴，可是為時已晚。一年B班的同學們聽見淺蔥嚷嚷，都一塊抬起臉鼓譟起來。

「催情劑……？剛才，她提到了催情劑？」

「我記得曉同學的媽媽是在MAR工作耶。」

「MAR製造的催情劑……！那東西流到學校裡了嗎？」

「咦……咦……！」

淺蔥發現自己失言，便倉皇失措地眼睛亂飄。有催情劑混進學校裡，這樣的事實一旦被人知道，必然會有許多學生想把東西弄到手而引發騷動。

「啊～～……保冷！保冷劑是嗎～～！」

「氣、氣溫高，食物就容易壞掉嘛～～保冷劑很重要的～～」

想設法糊弄過去的矢瀨刻意提高音量，淺蔥也拚命配合他。大概是他們的努力奏效了，班上同學很快就對他們的對話失去興趣而逐漸離去。

「催情劑的存在張揚出去會有危險……只能趁沒人發現先回收吧。」

矢瀨用透露出疲憊的語氣嘀咕。消息洩漏給一般學生就會出亂子，這在剛才已經得到證明了。應該盡量只靠少數菁英迅速行動。

「是說ＭＡＲ怎麼會研究那種東西啦！」

古城用細語般的音量怪罪母親。

然而，深森不明白他為什麼要問這種人盡皆知的事情，微微偏過頭說：

「催情劑從以前就一直是全世界都在使用的熱門魔法藥品啊。『魔族特區』的企業會研究，反而很自然吧？以往調製需要專門知識與特殊材料，量產及保存都有困難呢。」

「呃，或許是這樣沒錯啦……」

「原本呢，那預定是要用於安全飼養凶狠的魔獸及猛獸。可是因為藥效太強了一點，反倒會造成危險，上市的計畫就被擱置了。」

「等等！那果然是有毛病的藥嘛！」

古城再次扯開嗓門。原本是研發給魔獸用的藥品——還因為藥效太強而停止發售，這種玩意兒要是用在人類身上會怎樣？連要想像都讓人害怕。

「啊……不過，你想嘛，或許那可以解決少子化的問題……！」

深森好像發現了催情劑的危險性，這才陪笑緩頰。

「少蠢了！如果凪沙她們不小心吃到，妳要怎麼辦！」

古城率先擔心小自己一歲的妹妹的人身安全。他那妹控的德性讓淺蔥等人以冷淡的眼光看過來。

「唉，無論如何，盡快回收似乎比較好呢。」

「沒辦法嘍，我也來幫忙。嗯，要是遭人濫用，事情就棘手了。」

矢瀨用幹勁十足的語氣喃喃說道。淺蔥斜眼瞪著態度不甚自然的青梅竹馬問：

「說到濫用……基樹，你該不會是想對那個學姊用催情劑吧？」

「咦？不不不，什麼話嘛，我才沒有那樣想。」

矢瀨隔了短暫的沉默才搖頭。淺蔥提到的那個學姊，就是矢瀨一直聲稱是自己女友的高中部三年級女生。

「不、不需要那種東西啦，我跟那個學姊(人)可恩愛了。」

「誰曉得是真是假……」

淺蔥用狐疑的眼神看過來，矢瀨便生硬地轉開目光。

至於古城，則是無奈地一邊咂嘴一邊瞪著母親問：

「特徵是什麼？」

「嗯～～？」

深森眨了眨看似愛睏的眼睛。

「催情劑的特徵啦！好比說，是粉末還是錠劑？裝在什麼樣的容器？」

「啊，原來是這個意思。你看你看，就跟這差不多。」

深森說著掏出用銀紙包裝的焦褐色板狀物。表面有著凹凸花紋，手掌大小的塊狀物。

古城用手指向那眼熟的塊狀物，愣得下巴都掉了。

「這不就是板狀巧克力嗎！」

「因為是試作品，我找不到適合的模子啊。感覺以尺寸來說剛剛好，又方便食用。你想嘛，MAR（我們公司）的賣點就是業務之廣，從零嘴遍及大規模殺傷性武器～」

「妳別鬧了！」

古城誇張地抱頭發出哀號。要說色澤與形狀也好，觸感也好，氣味也好，不管怎麼看都像普通的板狀巧克力。假設拿到手裡，應該也不會有學生懷疑那是危險的實驗藥品。

「糟了耶，古城。這種催情劑，長得跟彩昂祭執行委員批發買來製作點心的板狀巧克力一模一樣，東西已經流到校內各處了。」

「啥……！」

矢瀨冷靜地提醒，這次古城連話都說不出就愣住了。

接著，彩昂祭執行委員長的校內廣播傳進了焦急的他們幾個耳裡。

『讓各位久等了，本年度的彩昂祭從現在開始——！』

而在廣播結束的同時，學生們湧入走廊。各店面隨即開放營業，展覽的攬客聲也一舉熱絡起來。在籠罩著喧鬧聲的校舍裡，古城等人都恍神似的杵著不動。

3

最先恢復冷靜的人是淺蔥。她突然想到什麼似的抬起臉，然後用央求的語氣問深森：

「對了，沒有解毒劑嗎？給催情劑用的。」

「沒有喔。要做的話，我想兩三個小時可以做出來～～」

「給妳一小時做！現在立刻動手！」

睜圓眼睛的古城氣沖沖地吼了母親。

深森像小孩鬧脾氣一樣鼓起腮幫子說：

「咦～～……可是，做人體實驗的寶貴機會……」

「妳吵死了！」

深森大概是被古城的凶勁嚇到，便垂下肩膀說：

「沒辦法嘍。唉，既然如此，就在這裡弄一弄好了。」

話一說完，深森便邁出慵懶的腳步。她前往的是位於高中部校舍的生物教材室。趁著門碰巧沒有鎖上，她大剌剌地擅自走進教室。

「原來在高中的理化教室就能做出來嗎……」

矢瀨順勢跟到深森後頭，嘴裡還佩服地嘀咕。深森哼著歌靠近藥品櫃，然後擅自將收在裡頭的試藥及藥草一項項取出。

「哼哼～～……剛好有不錯的貨色耶。」

「這麼一說，品項莫名地豐富呢。」

淺蔥望著藥品櫃，臉上浮現困惑的神情。彩海學園好歹是「魔族特區」內的教育機構，因此生物教室蓋得比一般高中豪華。然而，藥品櫃的內容物也未免太過充實了。連深森看了都會感到雀躍的珍貴樣本；光看就覺得毒性十足的藥草；還有魔法所需的材料都隨興地陳列於上頭。

「——我提出警告，那些藥草含有危險的成分，建議妳不要隨意觸摸。」

於是從疑惑的古城等人背後傳來了缺乏抑揚頓挫的人工少女嗓音。

教材室裡頭的門開了，藍色頭髮的嬌小少女從中露出臉來。那是個拿著掃帚和畚箕，身穿女僕裝的人工生命體（Homunculus）。

「亞絲塔露蒂？我懂了，這是那月美眉的收藏品嗎……」

人工生命體少女出現在此，使古城察覺到藥品櫃內容豐富的理由。南宮那月身兼國家攻魔官與古城等人的班導師，似乎也把這間生物教材室的藥品櫃當成了自用的私人保管庫。

「我表示肯定。答覆是目前交由我管理。」

亞絲塔露蒂面無表情地點了頭。人稱「空隙魔女」的那月就算保有貴重的魔法藥品及藥草也不足為奇。而亞絲塔露蒂身為那月的觀護對象，類似助手的工作就推給她了。

「哎呀呀，我看看我看看……」

深森是第一次見到亞絲塔露蒂，擔任研究者的她似乎被勾起了興趣，便走近人工生命體少女身旁。哼哼——深森低聲咕噥，還以一副彷彿極為理所當然的態度突然就捏了亞絲塔露蒂的胸部一把。

「原來如此，近年的學校聘了這麼可愛的女僕啊。嗯，教人意外。」

「別突然摸初次見面的人工生命體胸部啦！」

古城伸出巴掌，粗魯地朝揉捏亞絲塔露蒂胸部的母親後腦杓拍下去。亞絲塔露蒂用不帶感情的眼睛看著深森問：

「……請問這位女性是？」

「在古城面前，妳要稱呼令堂喔。她並不算可疑人物。」

矢瀨代替擺臭臉不吭聲的古城說明。亞絲塔露蒂靜靜地來回看著摸自己胸部還露出陶醉表情的深森，以及待在她旁邊的古城，並且開口表示：

「狀況掌握。」

「為什麼妳這樣就信服了……？」

古城內心受了傷似的歪嘴抱怨。

「總之呢，事態緊急。那月美眉那邊，之後我們會跟她說明，先讓阿姨使用這裡的材料和道具。拜託妳，亞絲塔露蒂。」

淺蔥用膜拜似的姿勢說。古城也揪著母親的脖子，鄭重地低頭拜託：

「順便麻煩妳把我媽顧好，以免她溜掉。」

「命令領受（Accept）——」

亞絲塔露蒂面色不改地這麼說道。

「抱歉，讓妳幫大忙了。」古城說著便嘆息。儘管目前還無法樂觀，至少這樣解毒劑就有了著落。

「接下來……哎，即使在最糟的情況下要靠深森伯母製作解毒劑，可以的話，我還是希望先及早回收那些藥。」

矢瀨好似念頭一轉地說。淺蔥帶著認真的表情沉思。

「會用到巧克力製作點心，應該是賣輕食類的店吧，比如咖啡廳或小吃攤。」

「要調查店面嗎……必須到高中部的校舍和校園走一趟了……」

古城望著窗外嘀咕。校園主要有體育社團自發擺設的成排攤位，在教室經營咖啡廳的班級也不少。

「剛才我確認過郵件了，據說在執行委員會的倉庫裡多了一整箱全新未開封的巧克力，原本會用來製作糕點。」

淺蔥望著愛用的智慧型手機向眾人報告。真的假的——古城板起臉說：

「那麼，現在那些攤位用的巧克力……」

「被換成深森阿姨的催情劑了……是這樣吧。」

「……糟透啦。」矢瀨生厭地搖了頭。「沒時間了，我們分頭回收吧。我回去高中部的校舍，校園的攤位交給你可以嗎，古城？」

「由各個社團擺的那些攤子嗎？我明白了。」

「既然如此，我到這裡的特殊教室繞一圈喔。我想靜態類社團也會利用社辦開幾間店做生意。」

「好啊，就麻煩妳了。那大家出發吧。」

古城等人露出黯淡的臉色，離開生物教材室。

「加油喲～～」

毫無緊張感的深森笑吟吟地揮手目送他們，三人便無力地又嘆了一口氣。

4

矢瀨與古城他們分開之後，躲到了悄無人跡的走廊角落，並且把掛在脖子上的密閉型耳機湊到耳邊。

「雜音多成這樣，要用這一招就難過了……」

他語帶嘆息地嘀咕著閉上眼睛，然後動用自己的能力。

矢瀨是過度適應能力者（Hyper Adapter）——也就是「天生」的超能力者，主要的能力為解析與操控大氣振動。將念動力創造的虛擬收音器（麥克風）事先設置好，他就能精確聽出範圍內的任何聲音。

除了監視與追蹤以外，這項能力不太能派上用場，但是在目前的情況，恐怕就多少有用了。他要將校舍裡此起彼落的隻字片語串聯起來，查出有用到巧克力的店面。

「……竟然有賣巧克力布朗尼……！」

於是矢瀨靠著超感官能力捕捉到的頭一條消息，就是顧客在店面點購蛋糕套餐的說話

聲。那是有些口齒不清卻又高傲的獨特語氣，耳熟的嗓音。

「糟糕……在三年級的教室嗎……！」

矢瀨摘下耳機，拔腿就跑。他要去的是位在校舍四樓的高中部三年級教室。

別緻地布置成大正時代風格的正統派咖啡廳。在穿著和式褲裙的傳統服務生包圍下，戴著「巡邏中」臂章的嬌小女教師正悠然地啜飲紅茶。

「ＳＴＯＰ！慢著，那月美眉！不能吃下去！」

矢瀨衝進咖啡廳，從正準備品嚐布朗尼的那月手裡粗魯地搶走盤子。餐叉仍緊握於手的那月不悅地蹙眉，朝矢瀨瞪了過來。

「……你這是什麼意思，矢瀨基樹？」

「慢、慢著……這當中有很嚴重的隱情。」

「哦？那好，說來聽聽。」

那月反而擺出平靜的臉色看矢瀨。優雅的喝茶時間被打擾，她似乎相當火大。矢瀨急得繃著一張臉說：

「其實這塊布朗尼被人摻了有害的藥物，吃下去會導致無法挽救的後果，所以我才覺得非阻止不行。真的，不騙妳。」

「你說……藥物？」

那月微微挑了眉。其他客人聽見矢瀨說的話便一塊鼓譟起來。畢竟這間咖啡廳的賣點在於高中女生親手製作的蛋糕，被人指稱蛋糕裡摻了危險的藥物，他們不可能冷靜得了。

「矢瀨學弟，你怎麼會這麼說？」

穿和式褲裙的女學生用沉靜口吻朝矢瀨喚道。為什麼三年級學生會曉得我的名字？如此心想的矢瀨疑惑地回頭，接著就嚇得僵掉了。

「寂、寂靜破除……不對，呃～～緋稻學姊？」

「…………」

矢瀨彷彿在壓抑眼裡的情緒，直盯著綁麻花辮還戴了眼鏡的嬌小女學生。今天的她手裡拿著解說蛋糕製作方式的食譜，取代平時隨身攜行的厚厚文學書。

「做、做出這塊蛋糕的人，該不會是……」

「對，是我。」

麻花辮少女有些客氣地說。矢瀨臉上失去血色。

這位不醒目的女學生真實身分乃獅子王機關的「三聖」之一，外號「寂靜破除者」的日本頂尖攻魔師。

「呃……學、學姊，妳別想錯！我說有藥物摻入是真的，製作糕點的巧克力被換成從MAR流出的魔法藥品了！真正的巧克力還放在彩昂祭執行委員會總部，所以……」

「換句話說，這可以視為人工島管理公社在跟獅子王機關作對，沒錯吧？」

面對她冷冷的質疑，矢瀨露出稀世的窩囊表情搖搖頭。

「妳為什麼要那樣解釋啦……！不是的！都是因為那傢伙……因為古城又被捲進莫名其妙的事件了！」

「我明白了。那件事之後再談。」

麻花辮少女單方面如此交代，隨即離去。矢瀨不知所措地目送她。那月大概是起了惻隱之情，便罕見地開口關心：

「……這樣好嗎，矢瀨基樹？我記得，那個女的跟你是——」

「哈……哈哈，不要緊啦，我跟學姊很恩愛的。」

矢瀨聲音沙啞地這麼說，然後露出空虛的笑容。

「看來可實在不像那麼回事啊。」

那月無奈地吐氣，並靜靜地啜飲紅茶。

5

在校園特別架設的舞台旁邊有成排攤位。彩昂祭為人所知的園遊會。照彩海學園的傳統，體育社團會各自擺出小吃攤，而當中格外醒目的當屬啦啦隊的可麗餅攤位。

「久等嘍！杏仁巧克力可麗餅和草莓巧克力可麗餅好了！冰淇淋是附贈的喔。」

待在攤位裡頭烤可麗餅的人是穿著圍裙的曉凪沙。

收下可麗餅的則是揹著吉他盒的嬌小少女，以及氣質文靜的銀髮碧眼女學生──姬柊雪菜和叶瀨夏音。班上各自有活動的她們都抽空來凪沙的攤位玩了。

「謝謝妳，凪沙。」

「好像很美味。」

雪菜和夏音一臉稀奇地看著被遞到手裡的可麗餅。看來這似乎是她們出生到現在第一次見識可麗餅的實物。

「不會不會，妳們兩個能過來，我好高興喔。之前的客人都是光來找啦啦隊學姊打趣又不買東西，讓我有點寂寞。」

凪沙一邊攪拌可麗餅麵糊，一邊鬧脾氣似的噘起嘴脣。

乍看之下，啦啦隊的攤位似乎生意興隆，但是絕大多數的客人都是來特別架設的舞台看啦啦隊表演的男生。攬客效果固然傑出，但是現在才上午，攤位的營收便不太有起色。雪菜和夏音實質上是可麗餅攤位的頭一批客人。

「好了好了，趁冰淇淋還沒融化趕快吃！」

「嗯。」

「我開動了。」

受凪沙催促，雪菜和夏音都準備張口咬下可麗餅。緊要關頭，古城就氣喘吁吁地趕來阻止她們。

「慢著！姬柊，妳別吃！叶瀨也是！」

古城匆匆用手捂住夏音的嘴，還從雪菜手裡搶走可麗餅。面對古城突然闖過來胡鬧的行為，夏音和雪菜愕然眨起眼睛。

「大哥……？」

「學、學長？」

「欸，古城哥，你在做什麼！想吃可麗餅就要乖乖排隊啊！」

橫眉豎目地發脾氣的凪沙用手裡握著的抹刀前端指向古城。

雪菜則一臉傻眼地微微嘆氣說：

「學長，你有這麼餓嗎……真是的，不然我分一半給你吃好了。」

「錯了啦！這些可麗餅裡面加的不是巧克力，而是長得像巧克力的催情劑！由ＭＡＲ研究所研發出來的！」

古城急忙辯解。雖然他不太希望把事情鬧大，但在她們面前，感覺就算說出真相也不會有問題。

「催……催情劑？」

「深森媽媽工作的地方有製造那樣的東西啊？」

雪菜和凪沙都帶著半信半疑的表情轉向古城這邊。事情太過離奇，讓她們有種不知道該怎麼反應才好的氣氛。

「似乎是受到駭客攻擊之類的影響，讓他們把貨誤送出去了。真正的巧克力好像放在執行委員會總部，麻煩妳到那邊去拿。」

古城亂有真實感的說明似乎奏效了，凪沙終於也信服似的點點頭說：

「原、原來是這樣……幸好我還沒有提供給客人。」

「假如我們吃了這些東西，不曉得會變成什麼樣子？」

雪菜難免也不安地問道。古城面帶苦澀地嘆氣說：

「據說那些人是用現代技術重現了傳統的催情劑。正常來想，吃了應該會喜歡上最先看見的人吧？對健康倒沒有特別影響的樣子……」

「催情劑的藥效時間呢？」

「因為是實驗階段的試作品，好像連製作者本身都不太清楚。可是，聽說就是因為藥效太強才不能拿來賣……」

「那是不是……不太妙呢，學長？」

「是啊，不妙了。」

古城先是和雪菜面面相覷，然後忍著頭痛似的扶了額頭。

「明明有那麼危險的東西散布出去了，隱瞞不說好嗎？用校內廣播呼籲所有人小心會不會比較好？」

凪沙一邊把未使用的催情巧克力丟進垃圾桶一邊問道。

古城嚴肅地搖頭回答：

「胡亂宣告會造成恐慌吧。所以我才像這樣偷偷回收。」

「啊，對喔。原來如此。」

「嚇了我一跳。難怪味道會這麼不可思議。」

「是啊，八成沒……咦？等等，妳說味道？」

夏音無心提到的感想讓古城等人驚恐地轉過頭。

「夏、夏音，妳為什麼要吃呢！」

凪沙尖聲問道。夏音只差一點就將摻有催情劑的可麗餅吃光了。她並不是沒聽見古城的說明才對，但……

「我被教導過不能糟蹋食物，畢竟這是凪沙為我做的。」

「謝、謝謝……呃，不對，或許妳說的沒錯，但是也要看時間與狀況……」

由於夏音本人一副沉著的模樣，古城等人更顯慌張。

「妳、妳沒事吧，叶瀨？有沒有什麼變化？比如不舒服或頭昏眼花？」

「總、總之先送她到保健室……不，送醫院……聯絡特區警備隊！」

「那、那個，我目前沒事，不過……啊！」

古城和雪菜一陣慌亂，夏音鎮定地對他們微笑以後，就忽然察覺什麼似的將目光落在自己腳邊。有隻剛出生沒多久的小貓在跟她的腳踝玩耍。跑錯場合的貓咪突然出現，讓古城愣了一下。

「野貓？跑來這種地方？」

「最近學校裡常常有小貓誤闖進來，每次叶瀨同學都會帶牠們到安全的地方就是了。」

雪菜也看似疑惑地答話。夏音就在這段期間輕輕抱起貓咪說：

「怎麼辦，大哥？看著這隻小貓，我總覺得心跳得好快，身體難受了起來。」

「是、是喔……」

面對一臉幸福地微笑的夏音，古城不曉得該怎麼回應，只好含糊地點了頭。

「會是催情劑生效了嗎？」

「總覺得夏音做的事情跟平常沒多大差別耶。」

雪菜和凪沙把臉湊在一起，壓低聲音商量之後要如何因應。

「……先放著不管也還好吧。」

古城心裡不太踏實地嘀咕了一句。

夏音則把貓咪捧在胸前，看似幸福地陪牠嬉戲。這是十分和平的景象。

6

「巧克力鬆餅和巧克力甜甜圈回收完畢，章魚燒、炒麵和法式熱狗沒有問題。剩下炸年糕和刨冰嗎……感覺這些也跟巧克力沒關係。」

矢瀨一邊參考校刊社發放的彩昂祭簡章，一邊在高中部校舍到處奔波。造成隱憂的催情劑已經有幾項回收完畢了。

所幸目前並沒有學生遭殃。前提是，因為不幸的誤解而被「寂靜破除者」討厭的矢瀨本人不算在內。

「剩下一年A班吧，記得他們是說要開咖啡廳……」

如此嘀咕的矢瀨前往面朝校園且位於校舍一樓的教室。

將校園那一側的門開放，戶外的露臺則擺了一張張附陽傘的桌子。運用教室地利的露天咖啡座。店員服裝是以歐洲咖啡廳為形象的侍僮風格，在學生及家長間似乎都頗受好評。

「呃！那些傢伙……！」

矢瀨在擁擠的店裡發現眼熟的少女身影，表情隨之僵凝。

遠遠看去仍異常醒目的兩人組，其中一人是銀髮碧眼的外國人，另一人則是將栗色頭髮綁成馬尾的高挑少女。北歐阿爾迪基亞王國的公主拉．芙莉亞．立赫班，以及擔任其護衛的煌坂紗矢華。看來她們為了參觀彩昴祭，又偷偷從官方排定的行程溜出來了。

「ＳＴＯＰ！兩位，到此為止！」

公主她們坐的那一桌有盤擺得賞心悅目的餅乾。是將板狀巧克力切碎撒上去的巧克力豆餅乾。矢瀨及時制止動作洗鍊地準備將餅乾送進口中的拉．芙莉亞。

「哎呀……我記得你是人工島管理公社的──」

「矢、矢瀨基樹？」

公主仰望矢瀨並優雅地微笑，而紗矢華立刻準備從手捧著的樂器盒拔出劍。矢瀨露出緊繃的笑容，擦掉額頭上冒出的汗水說：

「嗨，好、好久不見。請容我也向公主大人請安……」

「嗨什麼嗨！所以你這次有什麼企圖！你應該曉得這位是誰吧！」

紗矢華指著身旁的拉．芙莉亞，大聲叫罵起來。

周圍的學生聽見她說的話，便開始吵吵鬧鬧。跟區區高中校慶並不搭調的銀髮美少女是何身分，所有人都興趣盎然。

「誰啊？」

「那個銀髮美女是矢瀨認識的人嗎？」

「她像不像阿爾迪基亞的公主？喏，就是來日本參加國際會議的……」

「啊……」

紗矢華看了周圍群眾的反應，頓時臉色發青。畢竟拉．芙莉亞可是在全世界都有瘋狂粉絲的正牌公主，要是被旁人知道有如此知名的人物來參加校慶，蜂擁而上的圍觀群眾難保不會造成大混亂。

「呃～～不好意思，打擾一下喔。」

當紗矢華焦急得思緒停擺時，有個男學生就一手拿著智慧型手機向拉．芙莉亞搭話。顯示在手機畫面上的是日本粉絲畫的拉．芙莉亞萌系角色圖。他把那張圖設成了手機桌布。

「這位大姊，該不會跟圖上畫的是同一個人吧？應該說，妳是本人嗎？」

「什……！」

一般民眾講話的口氣太沒禮貌，讓紗矢華的表情隨之凍結。處理得不好甚至有可能發展成外交問題的醜聞。然而，拉．芙莉亞反倒看似愉快地微笑說：

「呵呵，我這叫角色扮演。像嗎？」

「啊……對喔！難怪會這麼像！原來如此～～……」

男學生心滿意足地點了頭，然後就對拉．芙莉亞揮手並離去。

他那不當一回事的態度讓紗矢華放鬆警戒，嘆了氣說：

「呃，光這樣就能讓人信服嗎……」

「是啊，我事先進修的日本文化沒有白費。」

「那種無謂的知識，有誰會教啊……」

矢瀨望著得意地挺胸的拉．芙莉亞，傻眼似的搖搖頭。

接著，拉．芙莉亞仍然帶著微笑，彷彿看透一切地望向矢瀨說：

「不談那些了，原來是你啊，矢瀨基樹。什麼事情讓你慌成這樣？看你慌張的模樣，簡

直像這片巧克力餅乾被人失手摻了催情劑呢，可不是嗎？」

「啊，呃……一切正如妳所說……」

直覺太敏銳了吧——矢瀨吭不出聲了。不愧是以精明著稱的阿爾迪基亞黑心公主。他很能理解就連迪米特列．瓦特拉都要敬她三分的理由。

「咦，你說有催情劑，是真的嗎……？」

紗矢華睜大眼睛看了矢瀨。矢瀨微微點頭表示：

「我也不清楚詳細狀況，但似乎是MAR的研究所之前在研發的試作品。」

「MAR……我記得曉古城的媽媽就是任職於那間公司吧？」

紗矢華說著便一臉嚴肅地思索起什麼。拉．芙莉亞望著這樣的紗矢華，忍不住小聲地嘻嘻笑了出來。

「呵呵。妳似乎在打什麼壞主意呢，紗矢華。」

「咦？才、才沒有！我根本沒有想過要讓曉、曉古城吃催情劑……！」

紗矢華一下子就紅了臉，還使勁猛搖頭。隨後，彷彿要讓慌成一團的紗矢華更加窘迫，從她背後傳來了雪菜的聲音。

「紗矢華！妳沒事吧！」

「噫！不、不是的，雪菜！我只是一時鬼迷心竅，並沒有真的想對曉古城怎麼樣——」

紗矢華懺悔似的當場跪下向雪菜求饒。

「煌坂？妳在慌什麼啊？」

古城低頭看了紗矢華，臉上浮現納悶的表情。紗矢華發現這一點，就結結巴巴地說不出話，還揪住古城的胸口。

「曉、曉古城……！追根究柢，都是你害的……！」

「唔哇！所以說，妳到底是怎麼了啦——！」

古城莫名其妙被憤怒的矛頭指著，就不知所措地看了淚汪汪的紗矢華。

「古城，你那邊狀況如何？」

矢瀨用疲倦的嗓音向古城問道。古城一邊笨手笨腳地應付紗矢華，一邊正色回答：

「感覺校園那邊是不要緊了，因為我也找了姬柊幫忙把攤子都檢查過一遍。」

「高中部的校舍也是查到這裡就收尾了。接下來，只要淺蔥回收靜態社團開店用的貨，這件事就勉強解決啦。」

是嗎——古城聽完矢瀨的報告，淺淺地發出放心的嘆息。目前在特殊教室大樓的方向並沒有發生騷動的跡象，淺蔥那邊似乎也處理得很順利。

「事情我聽說了。辛苦你了呢，古城。」

古城被拉．芙莉亞輕輕拍了肩膀，就一臉尷尬地回過頭。

「是妳啊，拉・芙莉亞……抱歉，害妳被這場騷動牽連。」

「不會，我沒放在心上。先不說那些了，來杯飲料如何？」

「好啊，謝了。我就不客氣了。」

古城毫無戒心地將公主遞來的紙杯接到手裡。實際上他也渴了，唏哩呼嚕就把飲料灌進嘴巴。

恰到好處的微苦與甜膩，讓疲倦的身體感到舒暢。

「好喝耶……話說味道還滿甜的。這是什麼？」

「呵呵。這是熱巧克力。」

拉・芙莉亞望著古城，露出了充滿好奇心的微笑。

「……啥？」

公主隨口說出的一句話，讓在場所有人都像化成石頭一樣停下動作。

「在日本曾經把這叫作可可亞呢。在歐洲，提到巧克力這個詞，以往指的都是像這樣的飲料，如今當然也很受歡迎喔。」

「不、不對啦……就說了，妳為什麼……」

「公……公、公主，妳在做什麼～～！」

紗矢華總算掌握到狀況，就在倉皇間責怪了公主。

拉・芙莉亞卻一點也不顯慚愧，還俏皮地微微偏頭說：

「既然巧克力豆餅乾裡加了催情劑，我便猜測這裡提供的熱巧克力是不是也有危險。」

「就、就算這樣，也請妳別拿曉古城測試！」

「不用擔心，紗矢華，我會負起責任的。」

「難、難道妳一開始就算準了……」

拉・芙莉亞呵呵微笑，將紗矢華的質疑應付過去。

另一方面，古城喝下了熱巧克力，冒著冷汗在原地杵了半晌。

「古、古城哥……你還好吧？」

「嗯，我沒什麼感覺。」

古城確認過身體別無異狀，就當著擔心的妹妹面前笑了笑安慰她。

「會不會是這裡的巧克力並沒有被摻藥呢？」

雪菜低頭看了空紙杯並提出疑問。

「或許喔，要不然就是對我的體質無法發揮效果。」

畢竟我是吸血鬼——雖然古城並沒有這麼講明，不過意思當然有傳達給雪菜才對。可以看見雪菜用脣語嘀咕「太好了」。

接著，雪菜好似要掩飾害羞地擺出生氣般的臉說：

「學長，你的嘴脣沾到巧克力嘍。來……請你不要動。」

雪菜拿出面紙想幫古城擦拭嘴角。然而古城在跟她對上眼的瞬間，就低聲發出「唔」的呻吟。

「學、學長？你怎麼了嗎？」

「我不清楚……姬柊，可是我忽然覺得妳好可愛……」

「咦！」

被古城迎面一瞧，雪菜僵住並且臉紅了。

矢瀨和凪沙目瞪口呆地望著他們倆互動。

「原來如此……藥效會延遲發作呢。我沒算到這一點……」

拉．芙莉亞把手湊在臉頰，獨自冷靜地點了頭。

紗矢華便抓著拉．芙莉亞的肩膀猛晃，還發出丟人的尖叫聲。

「公、公主～～～～——！」

7

「真、真夠累的……這樣跟社團有關的店都查過了吧……」

淺蔥捧著回收完的整箱催情劑走在走廊上。

諸如茶道社的茶點、家政社的手工蛋糕、漫研的漫畫咖啡廳、合唱團的歌謠咖啡廳、爵士研究社的爵士咖啡廳、電腦同好會的網路咖啡廳，使用巧克力的社團多到讓人費了不少勁。話說咖啡廳未免太多間了吧——淺蔥心想。

不過她的苦心有了回報，要命的事態似乎勉強避開了。

「……我都已經這麼辛苦了，就算拿一小片也不至於遭天譴吧。」

淺蔥嘀嘀咕咕地吐露心聲，還差點忍不住朝催情劑伸出手。不過，她立刻打消念頭，自覺愚蠢地聳了聳肩。依賴催情劑這種玩意兒就像認輸，令人不爽快。淺蔥的自尊心不會接受這種事。

「說來說去，都要怪古城那個白痴。那隻軟腳蝦，害我吃了這麼多苦頭——」

不講理的淺蔥一邊氣得發抖一邊跨著大步走向校舍外頭。突然間，有人從意想不到的方向出聲叫了她。

「咦？妳怎麼啦，藍羽？看妳一臉疲倦的樣子耶。」

「啊……笹崎老師……」

體育老師笹崎岬捧著大鍋，從烹飪教室走出來。今天她並沒有穿平時那套像旗袍的便服，而是穿會讓人聯想到一流大廚的白色廚師服。

「老、老師好。請問老師是在幫忙開店嗎？」

「對啊，因為武術研究會有擺攤。藍羽，方便的話，要不要吃過咖哩再走？」

「……咖哩是嗎？總不會跟巧克力有關係吧。」

「嗯？」

岬看淺蔥神情嚴肅地探頭看向大鍋，就一臉納悶。淺蔥連忙搖頭說：

「沒有沒有，沒什麼。我現在有點急事，之後一定會去。」

「ＯＫ。等妳來喔。」

岬輕鬆地捧著特大號的鍋子走進人潮裡頭。

接著，淺蔥驀地將目光停在校園旁邊的露天咖啡座。有一群眼熟的人似乎在那裡起了嚴重的爭執。

「那些傢伙，都在搞什麼啊……」

真是夠了——淺蔥氣急敗壞地抱著整箱催情劑就跑。

位於騷動中心的那些人，淺蔥很熟。古城、矢瀨與曉凪沙，還有國中部的轉學生姬柊雪菜，甚至連煌坂紗矢華跟阿爾迪基亞王國的公主都在。

「欸，基樹，你們怎麼在偷懶！」

淺蔥擠進圍觀的群眾中，然後朝矢瀨逼問。

「淺、淺蔥？妳怎麼這時候跑來……！」

矢瀨蹦也似的回過頭，還露出莫名畏懼的表情張開雙臂，舉動簡直像是要遮住古城，而淺蔥就發自本能地對矢瀨起了疑心。於是古城和雪菜不顧他人目光黏在一塊的身影闖進了淺蔥的眼簾。

「學、學長，在這種地方不可以。有、有人在看……」

「是嗎？我眼裡只有妳啊。」

古城抓著雪菜的手腕，講出讓人牙齒發癢的肉麻台詞。雪菜做了徒具表面的抵抗，但是說來說去似乎也不排斥。

淺蔥目瞪口呆地問：

「這、這什麼情況嘛！」

「呃，其實古城那傢伙……吃了我們在找的催情劑。」

「他把藥吃下去了嗎！」

淺蔥一邊掐了矢瀨的脖子一邊粗魯地逼問。

「唉，與其說他把藥吃下去，不如說他被拐著吃了藥……」

「想想辦法，矢瀨基樹！你跟曉古城是朋友吧！」

紗矢華也形同幫腔地跟淺蔥一起對矢瀨施壓。

然而，雪菜卻用含蓄口吻安撫這樣的紗矢華：

「不會啦……就算保持這樣，我也不特別介意……反正沒有造成危害。」

「「不行！」」

淺蔥和紗矢華同時叫道。

「解毒劑呢？解毒劑做得怎麼樣了，基樹！」

「對、對喔……這麼說來，差不多也該完成了……」

被淺蔥一問，矢瀨便確認時鐘。當淺蔥等人就這樣把目光從古城身上移開的瞬間——

「啊～～」

拉．芙莉亞往正在對雪菜灌迷湯的古城嘴裡塞了東西。雪菜發現那是摻了催情劑的巧克力豆餅乾，就換成她內心動搖了。

「拉．芙莉亞？妳又……！」

「欸，古城！你沒事吧？」

淺蔥擔心地趕到古城身邊。不知道為什麼，古城訝異地回望淺蔥說：

「淺蔥……」

「咦？」

「抱、抱歉。看了妳的臉，我就有點害羞，這種感覺該怎麼說呢……」

淺蔥仰望因緊張而別開目光的古城，也感到怦然心動。古城的反應簡直像彼此剛認識時一樣青澀，讓她覺得很新鮮。

「看來藥效是可以覆蓋的呢。」

拉．芙莉亞興致勃勃地觀察古城的變化，一邊冷靜地嘀咕。

「呃～……淺蔥，所以解毒劑要怎麼辦？」

矢瀨慵懶地搔頭發問，淺蔥生硬地搖頭。

「啊，對喔，大概也不用那麼趕吧。你想嘛，人一急又不會有好事。」

「不、不可以！總不能放任曉學長在這種狀態下不管——」

雪菜等於被淺蔥搶走了古城，就當面表示反對。

趁著這個空檔，紗矢華抓起桌上剩餘的巧克力豆餅乾說：

「不、不得已嘍。各位，這裡交給我來應付。」

「這是在做什麼啊！連紗矢華都這樣！」

紗矢華想逼古城吃餅乾，雪菜連忙攔住她。

原本凪沙略顯茫然地一直望著親哥哥招來的混亂，但……

「奇怪……那邊在吵什麼？」

她發現校園中間那一帶發生了新的騷動，就踮起腳這麼說道。

「咦？」

淺蔥等人也察覺狀況有異而轉過頭。

古城失控導致他們都發現得晚了，然而衝突的規模相當可觀。有女同學發出尖叫到處逃跑，還有男同學動手互毆起來。

待在校園的學生大多怕受到牽連就開始避風頭，反讓恐慌逐漸擴大。

「啊，阿倫！欸，等一下……出了什麼事情？」

淺蔥從過來避風頭的人群中找到熟人，便連忙叫住對方。築島倫認出淺蔥等人的身影，就鬆了口氣似的接近過來說：

「我也不太清楚就是了。有傳聞說，好像是吃了咖哩的幾個學生變得有點怪怪的，好比會想搶別人的女朋友，或者突然開始對不認識的女生示愛。」

「咖、咖哩……？」

淺蔥的額頭冒出汗珠，笹崎岬搬運大鍋的模樣在她腦海裡復甦。淺蔥認為武術研究會賣的咖哩跟催情劑無關，就沒有特別做檢查——

「喂，淺蔥，催情劑不是都回收完了嗎？」

「對、對啊，可是出問題的是咖哩吧……！那怎麼會跟巧克力有關係？再怎麼說，煮咖哩也不會加巧克力——」

矢瀨露出不安的表情，淺蔥就拚命對他解釋。

在旁邊聽著的凪沙難以啟齒般怯生生地開了口：

「會喔，煮咖哩會加巧克力。」

「咦？」

「為了提味會加一點點，讓咖哩變香醇可口。雖然我也是最近才跟笹崎老師學到的。」

「跟、跟笹崎老師學的……？」

淺蔥臉上浮現焦慮之色。然而事到如今找出原因也遲了，犧牲者已經不只古城一個人，得設法阻止災情繼續擴大才行——

「基樹！去拿解毒劑過來！快一點！」

「好、好啦！」

矢瀨被淺蔥說的話推了一把，動身要到生物教材室。但是不知道為什麼，古城卻擋到他

的面前。

古城使勁摟住受驚嚇的矢瀨的肩膀，在他耳邊甜言蜜語。

「喂喂喂，好朋友(甜心)，你丟下身為愛人的我要去哪裡？太無情了吧。」

「古……古城？慢著……這是怎麼搞的，欸！」

矢瀨全身毛骨悚然，一邊找人說明狀況。

「傷腦筋呢。紗矢華逼古城吃了太多巧克力，他似乎是錯亂了。」

「我、我才沒有……公主，誰教妳要一再覆蓋曉古城的藥效……！」

拉．芙莉亞低頭看著原本裝餅乾的空盤子，一副事不關己的樣子嘀咕，紗矢華便無助地找藉口。

「喂，當真嗎……！」

矢瀨硬是掙脫古城積極無比的手臂，逃也似的拔腿跑掉了。

8

「呼……呼！勉強甩掉他了嗎……？」

矢瀨在拐過走廊轉角以後，一邊調適紊亂的呼吸一邊朝背後回頭。混進人群裡的他才剛勉強甩掉緊追不捨的古城。

「慘了……不愧是ＭＡＲ製造的催情劑，沒想到那居然對吸血鬼真祖也有效。」

彷彿要擺脫被古城追求的可怕記憶，矢瀨使勁搖頭。

真祖級吸血鬼對所有魔法都具備強大抗性，這是為人所知的事情。而深森做出的催情劑卻輕易支配了已獲真祖之力的古城。

視用法而定，這種驚人的危險藥品難保不會讓世界的力量平衡瓦解。靠半吊子的方式，應該不可能讓那種強力的催情劑失效，藥效是否等時間經過就會消退也令人懷疑。

「果然只能賭深森伯母的解毒劑做好了……」

矢瀨懷著祈禱般的心情嘀咕，朝生物教材室跑。就在此時，矢瀨的視野一隅映出了意外人物的身影。

「……迪米特列．瓦特拉！」

有個穿白色三件式西裝的青年走在校內廊上。那是跟平凡的公立學校走廊並不搭調的金髮碧眼美男子。

他手裡拿著攤位賣的巧克力香蕉。彩昂祭簡章上沒有刊載這項商品。

「將香蕉裹上巧克力與配料的食物是嗎？有應用到巧克力火鍋的烹調方式呢。」

隨侍於瓦特拉身旁的年輕人用和緩嗓音如此說道。面容有如少女標緻的年輕貴族——吉拉·雷別戴夫，戰王領域派來的吸血鬼之一。

「大人，何須品嚐那種出於人類之手的低俗點心？」

另一名吸血鬼——特畢亞斯·加坎則用規勸般的語氣說道。

然而，金髮青年貴族卻看似愉快地笑著搖了頭。

「哎，滿挑逗的不是嗎？我很中意這款甜點的造型。」

瓦特拉有如凶猛的蛇一般伸出舌頭，舔了又舔巧克力香蕉的前端。他還揚起嘴角露出燦爛微笑說：

「何況，你們沒有注意到嗎？這座校慶會場瀰漫著不尋常的氣息。」

「……不就因為這裡是第四真祖的根據地？」

「錯了，這是更為古老邪惡的氣息。前陣子我才體驗過跟這類似的感覺。」

如此訴說的瓦特拉眼裡浮現了喜迎強敵般的好戰笑意。

「……為什麼那個男的會來彩海學園！」

矢瀨躲在走廊柱子的死角，聲音為之發抖。

雖說校慶期間允許外人出入，但戰王領域的貴族會造訪實在是意料外的事態。就算不考慮這些，要提到迪米特列·瓦特拉，可是以戰鬥狂（Battle Mania）之名風聞全球的危險人物。

「嗯……那邊的少年，出來見我。」

瓦特拉似乎敏銳地感受到矢瀨的那股戒心，便突然厲聲喚道。

矢瀨認為反抗也沒用，就乖乖地現身。

「哎呀……我記得你是使用氣流的……」

瓦特拉微微挑眉。矢瀨曾在幾樁事件的現場遇過瓦特拉，話雖如此，在學校以學生的身分見到他當然還是頭一遭。

「奧爾迪亞魯公……你該不會吃了那根巧克力香蕉吧？」

矢瀨神色緊張地問。瓦特拉拿著的巧克力香蕉前端留有他鮮明的齒痕。

「啊，這個嗎？以點心來說雖然原始，倒還滿美味的，營養價值似乎也不低，或許可以納入戰鬥軍糧的菜色……」

瓦特拉爽朗地微笑著說到一半，就像暈眩感突發似的腳步變得有些不穩。矢瀨見狀，便嚇得皺起臉。

「慘、慘了……糟透啦。」

「糟透？你這傢伙，竟敢用這種口氣對大人……」

加坎聽見矢瀨嘀咕的內容，就敵意畢露地接近過來。而瓦特拉制止了他。

「別插手，特畢亞斯。」

「可、可是大人……！」

「他是我心愛的獵物。你不要出手好嗎？」

瓦特拉說著就優雅地笑了。他所說的話出乎意料，使得加坎等人停住不動，矢瀨則感受到連身體都好似結凍的恐懼。

「來吧，少年，我們趕快來談情說愛。讓我見識你渾身是血地抵抗的淒美姿態。」

「等一下……難道這就是你表達愛意的方式……！」

瓦特拉扭曲的愛把矢瀨推落絕望深淵。這位俊美的青年貴族唯一愛的就是與強敵死鬥，戰鬥正是他無上的愛情表現。

「慢著！到此為止，瓦特拉！」

矢瀨料到自己小命不保而發抖，踹爆走廊窗戶玻璃闖進來的古城便救了他。

「古、古城？」

「抱歉，你休想對矢瀨出手。那傢伙可是我的好朋友（甜心）。」

古城如此宣言以後就搭著矢瀨的肩膀用力把他摟到身邊。然而對受到扭曲愛意支配的瓦特拉來說，古城這樣的行為就像火上加油。

瓦特拉眼睛染成深紅，並且凶狠地露出獠牙。

「呵呵，古城，我好高興。要三人同樂的話，我當然也不介意。來吧，就讓我們在這裡確認彼此的愛意有多深。」

「胡說八道！」

吼回去的古城身上同樣湧現濃密的魔力。

身為第四真祖的古城以及據稱實力最接近真祖的瓦特拉——如果他們倆爆發衝突，想必不會只有彩海學園內部遭受損害。最糟的情況，大有可能整座絃神島都被摧毀而沉入海底。

「別、別蠢了，你跟他要在這種地方用眷獸嗎！拜託你們也幫忙阻止！」

矢瀨不顧顏面地向加坎等人哭訴。假如有一絲絲可能性阻止古城和瓦特拉爆發衝突，就只得指望他們了。

「對、對啊……說得是，不過……」

話雖如此，戰王領域的貴族們面對太過突然的發展，似乎也無法因應。矢瀨放棄依靠慌張的他們，又拔腿朝生物教材室趕去。

9

「解毒劑呢——！」

矢瀨一抵達生物教材室就衝到深森身邊。

「啊，矢瀨，哼哼～～……完成了喔。這在常溫下有揮發性，所以我想光是吸進體內就會有效果。」

深森悠哉地坐在鋼管椅上，一邊大口嚼著什麼一邊抬起臉龐。她捧在腿上的是用紙盤盛裝的咖哩飯。

「那、那盤咖哩是……」

「我吵著說肚子餓，那個人工生命體女孩就端來給我了，說是慰勞品。」

「伯母妳吃下去了嗎！」

矢瀨想起校園發生的恐慌，繃緊了臉。因為攤位賣的咖哩摻有催情劑，導致現在學校裡變得雞飛狗跳。

「這麼說來，我有聽凪沙提過耶，矢瀨，你喜歡年長的女性對不對？」

深森往上瞟著慌亂的矢瀨，擺出嫵媚的表情問。

「等等……！深森伯母，該不會連妳都……！」

深森強調乳溝的動作反而讓矢瀨嚇壞了。狀況已經夠急迫的了，矢瀨可沒有餘力再應付朋友母親的誘惑。

然而深森卻看著苦惱的矢瀨，小聲地噗哧笑說：

「才怪～～跟你開玩笑的啦，開玩笑。解毒劑在我身上生效了啊。」

「也、也對喔……」

安下心的矢瀨差點昏過去。

「但是，那邊的人工生命體女孩我就不曉得了……」

「人、人工生命體……？」

深森憂愁似的說出的話語讓矢瀨警覺地看了周圍一圈。在生物教材室的昏暗處，亞絲塔露蒂正默默站著。她的手裡也拿了一盤跟深森同樣的咖哩。

「呃～～……亞絲塔露蒂，這種催情劑，該不會也對人工生命體……有效吧？」

「我表示肯定。請下命令，老爺（Master）。」

亞絲塔露蒂就跟平時一樣，以無情緒波動的眼神朝矢瀨凝望而來。溶入咖哩的ＭＡＲ製催情劑也對她生效了。

深森一手拿著筆記，認真地觀察亞絲塔露蒂的反應說：

「原來如此，耐人尋味的案例呢。」

「欸……深森伯母！連在這種時候，妳都只想著做實驗嗎！」

矢瀨悲痛地叫了出來。亞絲塔露蒂則是靜靜地走到他跟前說：

「我再次提醒。請下命令。」

「呃，即使要我下命令，現在又沒有什麼需——」

「那是否表示我不被需要……既然如此……我存在的價值……我……」

「慢、慢著！冷靜點！妳不必這麼想不開啦！」

亞絲塔露蒂望著自己的雙手開始發抖，矢瀨便拚命設法安撫她。

由於表情不甚豐富，亞絲塔露蒂似乎也無法順利駕馭自己失序的情感。照這樣下去，可以想見在最糟的狀況下，甚至有心靈崩潰而失控的危險。

「不要緊，不要緊的啦。把那瓶解毒劑給我。聽話。」

矢瀨彷彿在跟小朋友攀談，要說服人工生命體少女，因為深森做出的解毒劑被亞絲塔露蒂拿在手裡。

於是矢瀨殷切的心意似乎講通了，亞絲塔露蒂終於有意回應他的勸說，就在隨後——

「呵呵……找到你嘍，小心肝！來吧，讓我們享受情人間的時光！」

當著矢瀨眼前，從金色霧氣化為實體的瓦特拉現身了。

「唔、唔哇啊啊啊啊……！」

戰鬥狂青年逼近而來，逃離的矢瀨慘叫。而亞絲塔露蒂闖入其中，好似要保護矢瀨。

「我不會讓你危害到這一位。執行(Execute)吧，薔薇的指尖(Rododaktylos)——」

身穿女僕裝的少女背後張開了虹色的巨大翅膀，然後化成一對巨大的手臂，想擋住瓦特拉的去路。

「那就是傳聞中的人工眷獸嗎？哦……有意思！」

意外的強敵出現，瓦特拉樂得準備應戰。他釋出的魔力餘波讓裝著解毒劑的燒瓶從亞絲塔露蒂手中掉下來。

矢瀨想設法伸出手拿燒瓶，卻受到肆虐的魔力擺弄，無法靠近亞絲塔露蒂他們身邊。矢瀨想跟深森求助，但她早就不見人影。深森似乎在被捲入戰鬥之前就機靈地逃出生物教材室了。

「矢瀨，沒事吧！瓦特拉，你這臭傢伙！」

遲了一會兒才從走廊衝進來的古城又讓局面更加混亂。

在狹窄的生物教材室裡，濃密魔力相衝，整棟校舍都在劇烈搖晃。三方之爭再持續下去，肯定只有破滅等在後頭。最糟糕的部分在於他們爭鬥的原因是要搶矢瀨，假如絃神島因為這種荒唐的理由沉了，實在沒人受得了。

「解、解毒劑……把解毒劑……！」

矢瀨倒在地上，把手伸進制服口袋裡。他掏出了幾顆膠囊藥劑。

裝著解毒劑的燒瓶仍掉在生物教材室的角落。深森說過光是將揮發的解毒劑吸進去就會生效。換句話說，只要能讓燒瓶裡的東西灑出來，解毒劑擴散之後，古城等人就會恢復清醒才對。

「可惡～～～！去吧，重氣流軀（Aerodyne）！」

矢瀨咬碎膠囊藥劑，發動了自己的能力。靠過度適應能力創造出氣流分身，再將掉在地上的燒瓶打破。

噴灑的液體冒出白色蒸氣，刺鼻異味竄進鼻腔。

矢瀨確認過這一幕之後，就精疲力竭似的失去意識。

10

之後沒過多久，古城清醒了。

「啊……我到底在搞什麼……」

古城環顧亂糟糟的生物教材室，彷彿回想起什麼似的抱頭。被催情劑支配期間發生的事情，他似乎隱約有記憶。

矢瀨倒在地上睜著眼睛，帶著黯淡沒靈魂的笑容看古城。

「今天的事，你就忘了吧……我也會把那些忘掉。」

「說、說得對……」

古城露出尷尬的表情點頭。反觀瓦特拉，還露出嬌豔的笑容說：

「哦～～是嗎？我們不是留下了美好的回憶？」

「你也稍微反省一下啦！」

而古城瞪著瓦特拉破口大罵。

幸好矢瀨灑出來的解毒劑似乎乘風飄到學校裡了。多虧如此，校園發生的騷動看來也已經趨緩。

亞絲塔露蒂也恢復平時沉著的態度，開始整理被破壞的生物教材室。

於是瓦特拉隔著破掉的窗戶仰望天空，自信地笑著自言自語般嘀咕：

「呵呵……還沒結束，事情才正要開始。我說的沒錯吧——？」

「欸，藍羽，妳忙什麼忙到現在啊？」

淺蔥回到教室以後，等著她的是在鬼屋服務台的棚原夕步的斥責。離ＶＲ鬼屋預定開場的時間已經過了快三十分鐘。

「妳不在，行程都不能開始跑耶。客人一直被我們晾在那邊等喔。」

「抱歉，棚原，我這邊也出了不少狀況。」

淺蔥硬是壓下想辯解的念頭，坦然地低頭謝罪。累壞了的淺蔥現在應該是一副慘兮兮的臉吧，夕步也沒打算再怪罪她什麼。

班上負責攬客的同學似乎不餘遺力，來捧場的客人還不少，在教室前面已經有排隊要玩的長長人龍。

淺蔥他們班推出的活動是虛擬實境大型多人探險式鬼屋。教室裡用遮光簾子區隔空間，只能算廉價的「鬼屋家家酒」。

然而只要啟動教室所設的幻術伺服器，景象就會搖身一變。靠「魔族特區」技術投映的幻象世界幾可亂真，從中能體會到的怪物存在感與可怕也形同實物。客人們可以各自感受迷失於廣大廢墟的探索者心境。

而且目前能啟動幻術伺服器的人就只有淺蔥。

「那就拜託你嘍，摩怪。」

淺蔥坐到幻術伺服器的操作席，然後呼喚跟她搭檔的人工智慧。淺蔥戴上的頭罩式螢幕上映出了醜布偶風格的電腦化身，其表面瀰漫的黑色霧氣在不知不覺中變濃了。

「好……我懂。我懂啦，小姐。」

人工智慧以莫名邪惡的低沉嗓音咯咯笑了起來。

那種聲音讓淺蔥有了一絲不安，無法言喻的異樣感在胸口鼓譟，有種十分不祥的預感。

「……摩怪？」

面對淺蔥有所警戒的呼喚，摩怪用長長的沉默回答。強烈雜訊令黑色布偶的輪廓微幅顫動，幻術伺服器隨著冷卻扇靜靜轉動的聲音開始運作。

世界被逐步改寫的感覺讓淺蔥有了一絲絲飄浮感。

彩昂祭第一天——

宴席揭幕的時間到了。

To Be Continued...

「肖像」

「雪菜，妳是不是不太上相？」

放學回家路上，曉凪沙突然提出問題。雪菜看似困惑地和古城面面相覷，然後微微偏過頭。

「會、會嗎……？」

「來，妳看嘛，這是參加研習營時拍的照片。漂亮歸漂亮，感覺卻沒有本人來得可愛，應該說妳的表情有點僵硬耶。」

「我看不出來就是了，或許是緊張的關係吧，畢竟我不習慣拍照。」

雪菜用沒有把握的語氣說道。古城望著凪沙手裡的照片，「哦～～」地吐了氣。照片裡的雪菜確實給人硬梆梆的印象。

「明明我們重拍過好幾次耶～～」

凪沙說著把手機鏡頭轉過來，雪菜的表情卻依舊生硬。

「既然這樣，我們趁現在練習一下吧。」

古城使壞地笑了笑提議。

「學長是說……練習嗎？」

「反正那邊的遊樂場就有機台可以拍大頭貼。」

「拍大頭貼？那是什麼樣的機器……」

「試過就知道。走吧。」

「學、學長……？」

古城硬是拉著雪菜，要帶她到大頭貼機器前面。

雪菜對初次見識的華麗機台感到疑惑，但仍對大頭貼的功能表示有興趣。不久，雪菜就在古城旁邊認真地盯著畫面並操作起機器。

而凪沙偷偷將手機攝像頭對準雪菜的臉。

「奇怪……變可愛了……？」

雪菜莫名其妙地突然變上相，讓凪沙嘖嘖稱奇。在古城身旁微笑的雪菜看起來比平常可愛多了。

第三章
彩昂祭的晝與夜
-Day And Night-

1

彩昂祭第一天──

布置得光鮮亮麗的彩海學園校內擠滿了來自島內外的相關人士及外校學生。剛開幕時由巧克力釀出的小風波，以結果來說也算對炒熱節慶氣氛有所貢獻。

各班級搶拉客人的競爭正越演越烈。在這種局面下，高中部一年B班推出的活動搏得了客人多到要排隊進場的出色成績。

「高中部一B──我們的鬼屋營業中～～！全球首創運用幻術伺服器的虛擬實境大型多人探險式鬼屋！只有彩昂祭玩得到虛擬實境大型多人探險式鬼屋！請大家多多指教～～！」

在出入口發傳單的人是穿著哥德驚悚風格禮服的棚原夕步，開朗又表情豐富的她化妝成厲鬼倒是意外相襯，搭配貼在背後牆上的血腥電影風格海報，頗有宣傳效果。

「大盛況耶，棚原。號稱全球首創，果然有打動客人吧。」

築島倫搬了補充的傳單過來，並且慰勞似的向夕步搭話。順帶一提，倫身上穿了沾滿血跡的殘破護士裝，路過的學生們注意到她那副特殊喪屍妝，都受了驚嚇似的回頭看過來。

「是啊，這張海報似乎也頗受好評，不枉我們在學校裡到處張貼。」

夕步滿意似的點頭，並指了背後的海報。

海報上放大列印出的是藍羽淺蔥穿著傳統水手服，還嚇得臉皺成一團的「特寫」照。也許是模特兒天生麗質的關係，其質感高得不像出於學生之手，吸引了來往群眾的目光。

成為模特兒的淺蔥當然排斥地表示過：「為什麼要拍我？」然而她是彩昂祭的執行委員，基於這樣的理由只好被迫答應了。只要打扮成文靜模樣，她在高中部便是首屈一指的美人胚子，沒道理不利用這點做宣傳吧。

「話說藍羽的狀況怎麼樣？她是不是滿累的？」

夕步用擔心的口氣詢問倫，倫好似事不關己地聳聳肩說：

「是啊。她昨天應該幾乎都沒睡，上午好像還跑了一堆地方耶。」

「……沒問題嗎？那台幻術伺服器，只有藍羽會操作吧？」

「哎，還過得去吧。我把她跟曉同學一起留在教室了，不知道能不能讓她振奮一點。」

「我總覺得更不安了耶——」

夕步語帶嘆息如此嘀咕。

而她的臉就在下個瞬間嚇得緊繃。因為有大塊金屬似乎撥開了人群，朝夕步她們這邊接近過來。

那是研發用於城市街道戰的超小型有腳戰車，對付魔族的試作兵器。如此的玩意兒出沒在校園內仍未造成騷動，應該是彩昂祭所致。它被認為是某個班級推出的造型物了。

然而雖說是超小型，戰車依舊是戰車，近距離對峙的威迫感驚人。有腳戰車嘎吱作響地停到嚇得僵住的夕步面前。

『——嗨，失敬。那張傳單，能否分在下一張？』

從有腳戰車的外部擴音器傳出口吻陽剛又帶有古裝劇風格的話語。粗獷的機械作業手臂發出低頻馬達聲伸了過來。

「請、請便。」

仍一頭霧水的夕步怯生生地遞出傳單。戰車的機械手臂靈巧地取走那張傳單。接著，有腳戰車的操縱員便以瞄準用的鏡頭仔細端詳起傳單——

「嗯，不勝感激——」

來者單方面這麼說完，當場將車體調頭。

於是在夕步等人茫然目送之下，有腳戰車就這樣漸漸駛回人群當中。

「剛、剛才……那是什麼？」

從高度緊張解脫的夕步渾身乏力，差點往後倒下。

及時扶住她的是剛好在場的一般客人。

「哎呀，沒事吧？」

耳邊傳來的爽朗嗓音讓夕步回過神。她連忙端正姿勢，然後跟扶穩自己的人對上眼。是個穿黑外套配休閒款領帶，帶有男孩子氣的女生。相貌端麗得讓人屏息的男裝少女。

「對、對不起。謝謝妳！」

慌得聲音變調的夕步向對方低頭賠罪。男裝少女親切地微笑說：

「不會，我才要為自己好事道歉。沒受傷吧？」

「是、是的。」

「是嗎？太好了。」

男裝少女從容地瞇起眼，撿起夕步弄掉的成疊傳單。

「哦，鬼屋啊。那套服裝是在扮鬼？真可愛。」

「咦？有……有嗎？」

夕步聽了少女率直的稱讚，臉頰隨之泛紅。男生說了會像在挖苦的台詞讓眼前的清秀少女在耳邊細語，就會令人心動不已。

「忙完之後我也會去玩。掰嘍。」

少女將成疊傳單遞給夕步並微笑離去。而夕步興奮似的目送她的背影說：

「築、築島，妳看見了沒有？剛才那個人。」

「嗯。她好帥氣。」

「就是啊，就是啊。嚇我一跳！」

倫冷靜的感想讓夕步興奮地連連點頭稱是。

倫轉頭看著夕步，手撐在臉頰上沉思。

「不過，怎麼回事啊……剛才的女生，之前我好像在哪裡見過……她是誰……？」

2

曉古城站在陌生洋房裡的一處房間。

昏暗如廢墟的建築物。燭焰幽微搖晃，隱約照亮了荒廢的室內。豪華家具幾乎全被人砸毀，地板與牆上則留有無數像是被沉重刀械砍出的痕跡。

狂風四起的夜晚，風雨無情吹來，搖撼裂開的窗戶。雷光染白夜空，每每讓大氣如地鳴般震動。有人慘叫的聲音微微傳出，混進那持續不斷的雷聲，讓古城板起臉回過頭。

「誰！有誰在嗎……？」

古城的聲音在黑暗中數度迴響，卻沒有聽見回答。莫名的不安來襲，古城來到房間外。

「這裡是什麼地方……」

古城臉上浮現焦慮之色。迷宮般彎彎曲曲的走廊就像昏暗的漫長隧道，感覺好似會延伸得無邊無際。慘叫聲仍在持續，然而受到狂風的聲音干擾，聽不出是從哪裡傳來的。

即使如此，古城還是循著些微聲響走下階梯，前往洋房大廳。

窗外閃過的雷光，有那麼一瞬間將陷於黑暗的大廳照得像白天一樣亮。

「淺蔥……是妳嗎？」

從閃光中浮現的身影是幾個身穿制服倒成一片的學生。古城從裡頭認出熟悉的少女臉孔，連忙跑上前去。

淺蔥睜大了兩眼，仰身倒臥著。她穿的傳統水手服胸口沾了大片鮮血。

「淺蔥！喂，妳振作一點！淺蔥！」

古城抱起淺蔥以後，對她冰冷的身體感到心驚。她的肌膚像蠟一樣白，鬆弛的肉體感覺不出生氣。

「死了……不會吧……」

古城低頭看著淺蔥死時恐懼而緊繃的臉，茫然地嘀咕一句。

就在隨後，淺蔥白濁的眼珠猛然瞪了古城。理應已死的淺蔥發出野獸般的低吼，還露出獠牙朝僵住的古城撲來。

「唔、唔哇啊啊啊啊啊！」

古城被淺蔥以驚人怪力扳倒，手足無措地發出慘叫。

於是在古城倒向地板的前一刻，有人溫柔地接住他。

「——欸，古城，你還好嗎？」

古城的視野隨淺蔥的聲音搖晃。古城原本戴著仿3D眼鏡造型的智慧功能眼鏡被人粗魯地摘掉了。

在模糊的視野當中，古城看見了不安似的探頭望過來，身穿制服的淺蔥。

「淺、淺蔥？」

古城懷著好似惡夢初醒的心境，目不轉睛地仰望她。

淺蔥並沒有沾滿鮮血，臉色更不像屍體。是面容亮麗一如往常的高中女生。

「原、原來妳活著……？」

「當然啊。你在對區區校慶的鬼屋期待些什麼？」

「鬼屋……？」

古城聽了淺蔥一臉傻眼說的話，便環顧四周。

這裡並非什麼荒廢的洋房，只是用遮光簾區隔過的教室。在窗戶外頭，彩昂祭正舉行到一半。那座恐怖洋房的逼真景象，是戴了智慧功能眼鏡以後才會投映到人腦的幻象。

「難道說，這就是所謂的虛擬實境鬼屋？」

「對。幻術伺服器直接投映至腦內的擬真感，夠逼真了吧？」

淺蔥說著便看似得意地挺胸。幻術投映伺服器本身是紘神市內的企業製品，但實際負責編寫程式的是她。換句話說，那座洋房及屍體的數據資料都是出自淺蔥之手。

「還可以……話說妳也太惡質了吧。」

「好啦好啦，我沒有出事。你看，乖喔乖喔，別哭嘍。」

淺蔥一邊用打趣的語氣說道一邊摸古城的頭。古城嫌煩似的撥開她的手說：

「我才沒哭，只是有點想吐。」

「為什麼要吐！哭才對嘛！」

淺蔥擰了古城的臉，還講出任性的台詞。

「算啦。我肚子餓了，去吃點什麼吧。古城，你也陪我一起。」

「可以是可以啦，不過這個叫幻術伺服器的玩意兒調整好了嗎？」

古城環顧昏暗的教室裡頭，看似不安地反問一句。

大概是紮實的宣傳活動有所成效，古城他們班的鬼屋來了不少客人。有別於半夢半醒之間什麼都不曉得就體驗了虛擬實境的古城，那些客人倒是積極地在逼真的恐怖洋房裡玩得很開心。

負責管理伺服器的淺蔥要是離開崗位，古城怕會妨礙到鬼屋營運，不過——

「啟動過一次就行啦。我讓摩怪監視著，暫時閒置也沒問題。」

邁步的淺蔥一臉不以為意地回答。而古城被她硬牽起手，溜出昏暗的教室。

3

古城他們最先去的地方是校園。校舍正面的操場上排著一攤攤由體育社團主辦的攤位。彩昂祭聞名的園遊會。

「噢噢，男友大人！這位可不是男友大人嗎！」

古城打算跟淺蔥分頭到攤位排隊，就被人用挺陽剛的口吻叫住。回頭望去，有輛包覆著紅色裝甲的超小型有腳戰車進了古城眼簾。

戰車頂部的艙門開了，從中有個約莫十二歲的外國少女探出臉。她那緊密貼身的駕駛服上面還縫了用平假名寫的「蒂諦葉」的名條。

「我記得妳……妳是認識淺蔥的那個……」

「正是。在下乃麗迪安・蒂諦葉是也。能再次與男友大人見面實屬榮幸。」

「這、這樣喔……先不說這些了，妳是搭那輛玩意兒從正門進來的嗎？」

古城望著麗迪安那輛格外招搖的戰車，感到有點頭痛。

麗迪安卻毫不慚愧地大方點頭說：

「然也。雖說此機體尚屬軍方機密，但是在貴校還有眾多打扮得比在下更華麗之人昂首闊步，因此仍不至於鑄下大過。」

「……唉，算了。妳別在學校裡惹問題喔。」

古城抱著隨她去的心態如此說道。確實如麗迪安所言，若要堅稱她那輛戰車也算療癒系吉祥物的一種，倒還說得過去。

「明白矣。話說男友大人，在下有一事想請教，這上面所載之教室位處何方？」

戰車的作業機械臂夾著古城他們班的鬼屋傳單。麗迪安指了那張傳單問道。

「要找我們班的話，從那棟校舍走樓梯上去就是了……」

基本上，那輛戰車進得了校舍嗎？古城感到疑問，麗迪安便朝他露出無邪笑容。

「知之。感謝是也。」

麗迪安又鑽回戰車裡頭，古城還來不及攔，她就急著往校舍駛去。捲起沙塵開走的有腳戰車讓古城茫然地望了一陣子。

「……『戰車手』怎麼會跑來彩昂祭嘛。」

買完東西回來的淺蔥表情凝重地嘀咕了一句。她大概是在提防被麗迪安發現，有半截身子還躲在攤販的死角。

「不就是來見妳的嗎？她有說要去鬼屋喔。」

「反正她的目的在幻術伺服器吧。我先溜出來是對的。」

淺蔥放心似的吐氣。麗迪安對淺蔥頗有善意，但是淺蔥這一邊卻對那個少女的熱情程度有點吃不消。

「既然對方那麼黏妳，陪陪她也無妨吧？」

「我說啊，你是想讓我帶著那輛大塊頭到處走嗎？」

「哎，那倒也是……沒想到妳認識的怪人還不少。」

「就只有你沒資格這麼說……」

淺蔥瞪了態度不負責任的古城，並且鼓起腮幫子。於是——

「學長！曉學長！」

站在附近攤位的店員注意到古城他們，就開口呼喚。一頭短髮的開朗國中部少女，是曉凪沙的同班同學。

「啊，你是女籃隊的……」

「是的，我叫進藤。好久不見，曉學長。你在跟藍羽學姊約會嗎？」

「並沒有，我陪淺蔥出來買東西而已。」

「呵呵～～沒關係，我會幫學長瞞著雪菜的。」

進藤美波仰望立即否認的古城，賊賊地笑了笑。她也是雪菜的朋友。

「所以嘍，學長，包含遮口費在內，這裡的玉米一支三百圓。」

「妳喔……」

「特別算學長兩支五百圓就好。」

古城望著被拿到眼前的烤玉米，懶洋洋地苦笑。美波好像對他有不少誤解，但是要逐一解釋也嫌麻煩。

「謝謝惠顧～～」

美波迅速收下古城的五百圓硬幣，然後好聲好氣地把商品遞過來。或許是心理作用吧，感覺淺蔥用冷冷的表情望著兩手拿了烤玉米回來的古城說：

「古城，你真的對晚輩很好耶。不知道該說你禁不住人家拗，還是愛耍帥。」

「為什麼我只是買個玉米就要被講成這樣？難道妳不吃嗎？」

「我又沒有說不吃。」

淺蔥從不滿地撇嘴的古城手裡搶走烤玉米。他們倆就這樣移動到校園角落，一起在花圃邊邊坐下。

「嗯，在外面吃剛烤好的果然不錯～～……欸，古城，你不吃嗎？」

「啊～～……剛看完那種影像，我不太有食慾。」

「真沒用～～才一點小事就這樣。」

淺蔥兩三下就把自己那份烤玉米吃個精光，還一臉不過癮似的看古城。古城語帶嘆息地笑著問：

「要吃嗎？」

「你肯給我？謝啦！」

淺蔥毫不猶豫地啃起古城給她的烤玉米。從苗條的外表看不出她其實是個大胃王。

於是有個陌生女同學看見古城他們和睦地分著吃玉米，便突然向兩人搭話。

「呃，抱歉，可以打擾一下嗎？我是彩昂祭的ＢＣＣ推行委員。」

「……咦？」

「可以的話，兩位要不要來參加呢？有這樣的活動。」

「ＢＣＣ……天生一對徵選會……？」

古城與淺蔥看著被塞到手中的傳單，都蹙起了眉頭。

對方在邀請他們參加學校對外開放的舞台活動，主題是要選出彩海學園最相配的情侶。

疑似高年級的女同學在胸前雙手合十，央求似的對古城他們說：

「我們正愁出場者不夠呢。活動是從今天下午三點開始。」

「呃，那個，我們並不是一對……」

「——我要參加！」

古城當然想拒絕，卻被淺蔥與沖沖地開口打斷。她那意想不到的發言讓古城露出呆愣的表情說：

「淺、淺蔥？妳……怎麼擅自決定……！」

「行啦！古城，你看這邊！」

淺蔥說著指了傳單的角落，記載優勝獎品的欄位。

「優勝獎金，是學生餐廳的三萬圓餐券……！還附贈不用排隊就可以點餐的速通卡和優先桌席座位……」

獎品的豪華程度遠超乎想像，連古城的眼神都變了，還問：當真嗎？的確，情侶徵選這種羞人的活動企畫想聚集參加者，或許需要相當程度的回報——

「沒關係喔。即使說是情侶徵選，也沒有要求得多嚴格，因為這是喬裝ＯＫ、不限性別的輕鬆企畫。」

「不、不限性別？」

高年級的女同學笑咪咪地說明，古城與淺蔥看似不安地望向彼此的臉。隨後——

「那麼，就當作兩位要參加嘍。」

「啊，好的……」

事情如此敲定了。

4

同一時刻——

在體育館的舞台上，雪菜手持武器。

「站住，妖怪！休得逃跑！」

伴隨裂帛般的喝斥聲，雪菜揮下拖把柄，被她用前端指著的男同學落荒而逃。國中部三年C班演出的話劇《西遊記》即將迎接劇中高潮了。雪菜演的是主角孫悟空。體育館幾乎被觀眾擠得座無虛席。

「唔、唔哇！潑猴！原來你就是齊天大聖！」

演豬八戒的男子足球隊隊員高清水拿起竹耙高喊。他也演得相當投入。

順帶一提，雪菜穿的是迷你裙款式的旗袍，只有頭上戴的金頭箍還有腰際的猴尾巴勉強還強調出孫悟空的特徵。原先預定要穿猴子布偶裝，但因為那樣吸引不到觀眾就倉促變更了。無論穿哪種戲服都一樣羞恥，雪菜也就沒多抱怨。

孫悟空講話怎麼有土佐腔？觀眾們正覺得疑惑，雪菜便生疏地唸起台詞。

「你又是何人？為何會識得老孫名號？」

「嘖，你敢問，我就敢答。吾名豬剛鬣，過去在天庭人稱天蓬元帥！區區弼馬溫，準備當吾耙下鐵鏽吧！」

「少誇口，豬公。老孫這就讓你知道厲害！」

「噗～～！」

高清水跟雪菜的拖把過招後就踉蹌後退。雪菜乘勝追擊將拖把高舉過頭，然後動作便停在那邊。

因為腳步踉蹌的高清水身邊突然出現了奇怪的人影。

身披破布的白骨屍體踢翻了布景闖到舞台上。它們並非話劇的參演者或道具，而是靠魔法賦予短暫生命的怪物。從屍體飄散出的強烈魔力讓雪菜臉色為之緊繃。

「骸骨兵（Skeleton）？這種東西，到底是誰召喚出的……！」

雪菜用拖把柄擋下來襲的怪物。骸骨兵是以屍體作為媒介的一種式神。雪菜身為劍巫並不至於感到威脅，然而，問題在於是什麼人基於何種目的，派了這樣的東西過來。

「雪、雪菜……不對，悟空！這是怎樣嘛！我沒聽說有這種東西！」

舞台上出現的骸骨兵總共有五具。演三藏法師的曉凪沙遭受其中一具襲擊，發出尖叫。

「嗚雷——！」

雪菜蘊含咒力的一腳踢碎了骸骨兵的頭。

旗袍下襬掀開大塊，盯著舞台的觀眾一片譁然。他們應該還以為這些骸骨兵都是話劇安排的戲碼，可是雪菜沒空糾正這種誤解。

「呀啊啊啊啊啊啊啊啊——！」

雪菜背後又冒出了尖叫聲。穿著三藏法師袈裟的凪沙正受到另一種怪物攻擊。那是全長達四五公尺的金屬雕像。

跟骸骨兵一樣，透過魔法賦予生命的魔像。

「滴水嘴獸（Gargoyle）？怎麼會……！」

雪菜的脣失去血色。對擅長徒手肉搏的雪菜來說，金屬製的魔像並不好應付。受到骸骨兵妨礙，她也沒空祭出能讓魔像無力化的強效咒術。

而看戲的觀眾們似乎也總算察覺狀況有異了。他們遭受持續增加的骸骨兵攻擊，到處都冒出尖叫聲。

「曉，危險！」

高清水驚險地推開差點被魔像壓扁的凪沙。然而他們失去平衡，都直接倒在舞台上。

「凪沙，妳快逃！」

魔像打算隨腳踏過跌倒的兩人。雪菜想設法阻止，但是憑她徒手的攻擊，魔像仍文風不動。魔像緩緩踩下腳，雪菜因絕望而皺起臉。

就在隨後，舞台上響起了少女從容的嗓音。

「——『蒼（Le Bleu）』。」

魔像眼前有披著藍色甲冑的騎士幻影出現。無臉騎士，將地獄烈火封藏於陳舊空鎧甲的惡魔眷屬。

藍騎士拔出大劍一揮，將魔像劈倒。縱使稱作魔像，終究也只是被魔法操控的傀儡，並非真正惡魔眷屬的對手。

「魔女的『守護者』？妳是——！」

雪菜注意到讓藍騎士隨侍在側的少女，因而驚呼出來。穿男用外套的秀氣少女微笑並回過頭。

「嗨，姬柊同學，好久不見呢。幸好我設法趕上了。」

「優麻同學……妳怎麼會在這裡？」

「這些之後再談，先想辦法處理這些傢伙吧。」

仙都木優麻抱起昏厥的凪沙，環顧舞台上頭。

仍在活動的骸骨兵有七具，而且魔像也還健在。雖然說藍騎士的攻擊已令其受創，金屬製的肉體卻不顯痛苦。

「靠我現在的力量果然無法澈底打倒嗎？畢竟『蒼』本來就不是用於戰鬥的『守護者』啊。」

優麻遺憾地聳了聳肩。不過，她立刻就使壞似的揚起嘴角說：

「但是我對操控空間的精密度有自信。好比說，我也可以玩出這種花樣——」

嘀咕著的優麻伸出手臂，當中的空間如漣漪般大幅晃動。她從空無一物的虛空中取出了黑色的貝斯硬盒。優麻身為魔女，可以隨意使用理應難以駕馭的空間操控魔法。她用這種力量將雪菜應當留在教室的貝斯盒拿來了。

「『雪霞狼』……！」

雪菜從優麻遞來的貝斯盒中抽出了長槍。全金屬製的銀色長槍。那是獅子王機關的祕藏兵器「七式突擊降魔機槍（Schneewalzer）」——能令魔力無效，並藉此斬除萬般結界的破魔長槍。

「剩下的就拜託妳嘍，姬柊同學。」

優麻帶著親切的笑容說道。能令魔力無效的「七式突擊降魔機槍」，對骸骨兵或魔像這種靠魔法驅動的擬生物是天敵。以往跟雪菜交手過的優麻十分明白這一點。

「好的！」

雪菜行雲流水般持槍備戰，並且毅然地點了頭。

銀槍放出的閃光以驚人速度刺穿魔像。不到幾秒鐘，舞台上的所有怪物都停止活動了。

5

古城和淺蔥填了肚子以後，到了天文社的社辦。因為他們走在走廊上，碰巧就被認識的學妹搭話然後帶來了。

天文社推出的活動是「算命館」。占星術和天文學淵源深厚，因此說起來也不算太牽強。反映了「魔族特區」研究數據的獨家占卜方式，似乎相當準確而頗受好評，社辦前排了長長人龍。

「哦～～滿正式的呢。」

淺蔥看了一圈罩著黑色帷幕的天文社社辦，佩服似的感嘆。

「不過我們這樣真的好嗎？沒到外面排隊。」

古城一邊回頭瞥向背後的隊伍，一邊問了擔任占卜師的學妹。

國中部三年級的甲島櫻身上披著魔法師風格的黑斗篷。她在凪沙還有雪菜就讀的班級當班長，是個氣質酷酷的眼鏡少女。古城他們就是在她的帶領之下，從後門偷偷進來的。

「畢竟我平時受了學長的妹妹不少照顧。」

櫻一邊拿起占卜用的卡片洗牌一邊用穩重語氣說道。

「然後呢，兩位要算什麼？從運勢、前世、工作、財運、戀愛、婚姻、生子、外遇一直到兩位的相配程度或死亡預定時刻，都可以算出來。」

「種類這麼多嗎！甲島學妹，妳也太厲害了吧……！」

「話說，我想總不可能需要算到生子或外遇嘛……有人算這些就糟了啦。」

古城和淺蔥有些傻眼地嘀咕。雖說只是算命，但給了這麼多選項，就會猶豫要選哪個才好。

「唉，就幫我算個財運——」

「相配程度！算我跟這個男的有多相配！」

古城想挑個不會出岔子的主題，淺蔥就推開他挺出身子。

「喂，淺、淺蔥……」

「你很笨耶。算相配程度的話，一次就可以幫我們兩個一起算啊。排隊的同學那麼多，你替他們想一下嘛。」

「原、原來如此……這樣喔……」

淺蔥煞有介事的說明讓古城乖乖接受了。

櫻聽見他們倆的互動，就小聲地嘻嘻笑了笑。

「你們真是絕配呢，兩位學長姊。」

「……咦？什麼意思，這樣就算好了？」

「不，我說的是客套話。」

淺蔥納悶似的瞇起眼，櫻則是一臉淡定地回答她。

「那麼，請兩位在這裡填寫姓名與出生年月日。」

「好、好啊。」

古城和淺蔥各自在櫻遞來的便條上署名。櫻朝那張紙簡單瞧了一眼，然後就將卡片攤到桌面上，手法熟練地依序排好。

她散發出來的獨特氣質讓古城吞了口水。

「滿、滿有氣氛的耶……」

「噓！不要講話！」

淺蔥也一臉認真無比地盯著櫻的手邊。

卡片擺完以後，櫻依序翻開。於是在翻開最後一張卡的瞬間，她的臉上浮現了一絲訝異之色。

「這……」

「如、如何？」

淺蔥神色緊張地等著櫻講話。櫻拿在手裡的，是手持威猛長槍的女神卡片。傳統的塔羅牌應該沒有「長槍」這樣的阿爾克那，所以這或許是原創的卡片。

「長槍……」

「啥？」

櫻發出的嘀咕讓淺蔥臉上浮現了不安的表情。櫻看到她這樣，立刻就微笑搖頭說：

「啊，沒有，兩位極為相配。不過，卡片暗示的隱憂是曉學長會有誘惑、外遇、遲鈍、霉運當頭、不可抗力的情事，而且容易被狀況牽著鼻子走。」

「這樣啊……」

淺蔥莫名信服地點頭。

櫻將卡片蓋在桌上，並且有些擔心地仰望古城說：

「還有，請學長小心長槍，避免惹其他女性生氣。我能建議的就只有這樣而已。」

「是、是嗎……謝謝妳。我會參考的……」

不知道為什麼，古城臉色蒼白地流了好幾道冷汗。古城展現的動搖出乎意料，讓淺蔥有些不解地望著他問：

「沒事吧，古城？你的臉色好像隨時都會死耶。」

「心、心理作用吧……哈哈……」

古城說著便有氣無力地靠向牆壁。

淺蔥無奈地嘆息說：

「話說我從剛才就覺得好奇，旁邊那個攤位是做什麼的？」

「那是懺悔室。」

櫻淡然說明。在天文社的「算命館」旁邊有義工社主辦的謎樣活動。儘管活動內容成謎，但他們那邊也排了相當可觀的隊伍。

「……懺悔室？」

什麼名堂啊——淺蔥蹙起眉頭。

「據說那是由A班的叶瀨同學聽學生自白罪過的活動。」

「等於國中部聖女開的煩惱諮詢室嗎？」

「我聽不太懂，但是真受歡迎耶。」

古城從靠走廊的窗戶探出臉，望了望排隊要懺悔的人龍。從教室門縫斷斷續續傳出叶瀨夏音文靜的說話聲。

「……那麼，你並沒有生病的妹妹是嗎……太好了。」

「咦……是、是的……」

說話的夏音好似發自內心鬆了口氣，使得懺悔的人發出低吟，痛苦的聲音彷彿正受到良心苛責。

「呃，那個……對、對不起！叶瀨同學……我想說來到這裡就可以跟妳講話……才動了歪腦筋編出那樣的故事……我、我這個人……實在太汙穢啦啊啊啊——！」

「咦？那、那個……！」

男同學流著悔恨的眼淚衝出懺悔室。夏音連忙想把人叫住，可是男同學早就跑掉了。

「下一位，請進。」

有個跟夏音同班，負責收拾會場的同學用公事公辦的口吻替下個人領位。夏音則帶著疑惑的神情慢慢走回懺悔室裡。

「懺悔是那樣進行的嗎？」

淺蔥面無表情地問。古城默默搖頭，還像在同情夏音似的短短嘆了氣。

「誰知道……」

6

「——『雪霞狼』！」

銀槍一閃而過，斬去霧狀魔物。

然而，即使確認最後一具亡靈(Wraith)已經消滅，雪菜的臉色依舊凝重。

骸骨兵、魔像以及亡靈——怪物接連不斷出現，導致學校裡一片混亂，話劇當然也不可能繼續演。原本待在體育館的觀眾幾乎都在不知不覺間消失蹤影了。

館內只剩彩海學園的學生，可是他們大多被怪物追趕而四分五落地倉皇逃竄，像凪沙或高清水一樣嚇得昏厥的人也不少。

「這裡已經沒事了。姬柊同學，我們換地方！」

優麻在倒下的凪沙等人周圍設完防護結界，就在牆上打開了空間移轉(Teleport)用的「門(Gate)」。她們要去彩海學園主校舍。

彩海學園校地內會出現怪物的原因不明，可是遭怪物侵襲的大有可能不只體育館，還包括其他校舍。雪菜認為事情不能放著不管，就讓優麻帶著她穿過那道「門」。然而雪菜她們

在空間移轉後目睹的卻是更令人震驚的景象。

「這到底……是怎麼回事……！」

雪菜訝異得說不出話來。

那裡並非雪菜等人熟悉的彩海學園校舍。破舊到嚇人的廢棄校舍，地板上積了厚厚灰塵，教室門口被鎖鏈重重封鎖。

而且窗外是夜晚，風急雨驟的暴風雨之夜。

「簡直跟廢墟一樣呢。而且在封鎖以後，似乎經過了很久的時間。」

優麻觸摸校舍牆壁說道。她再次透過開啟的「門」和雪菜移動到隔壁校舍，可是那裡也一樣，是受到暴風雨侵襲的夜晚的校舍。

「怎麼會……怎麼可能……明明剛才還在舉行校慶……」

「是啊。這實在出乎預料。」

優麻以冷靜的語氣嘀咕。她所說的話讓雪菜感到一絲不對勁，因為聽她的口氣，彷彿從一開始就知道彩海學園出了些異象。

「優麻同學，妳怎麼會來彩昂祭？妳是碰巧救了我們嗎？」

很遺憾——優麻對雪菜的疑問搖頭。

「我受了人工島管理公社委託，要搜索『圖書館』餘孽，報酬就是我犯的罪可以不予追

究。好歹我也是前任『總記』的女兒，對組織的內情還算了解。」

「妳是說，搜索『圖書館』……？」

「沒錯。所以嘍，這次我是為了調查梅雅姊妹逃獄一事而來。因為還沒查出居中幫助她們逃獄的人的身分。」

優麻說著就微微嘆了氣。被特區警備隊逮捕的魔女兩人組「梅雅姊妹」引發脫逃騷動，是昨天發生的事情。雖然她們又在彩海學園這裡落網了，但是協助兩人脫逃的那名人物至今身分依舊成謎。

「意思是，協助梅雅姊妹的人或許躲在彩海學園嗎……？」

「我想確認的就是這一點。穿這樣應該比較不醒目，我姑且還換了男裝。」

「是喔……原來如此……」

那會有反效果吧？如此心想的雪菜把話含糊帶過。優麻長得太漂亮，穿男裝吸引而來的目光恐怕不分男女老幼。

「那麼，難道說這些異象原因都是出在『圖書館』的魔導書？」

「還不曉得。不過，姬柊同學，妳不覺得這種狀況跟波朧院節慶那一晚很像嗎？」

優麻帶著嚴肅的臉色問道。雪菜警覺地倒抽一口氣。

「該不會是……闇誓書？」

「嗯。我的母親——仙都木阿夜在這所學校用了闇誓書，隨心所欲地改寫世界，還重現過十年前的光景，或者將『有可能存在的世界』化為真實。」

「…………」

雪菜默默地點了頭。闇誓書在現存的眾多魔導書當中仍屬於藏有破格威力的危險書籍。雪菜實際與仙都木阿夜交手過，所以很清楚那本書的能耐。

「但是，闇誓書已經——」

「沒錯。過去存在的闇誓書原本，那月老師在十年前就燒燬了。我母親奪走她的記憶，進而重現的複製品（Replica）也已經被妳和古城消滅了才對。」

「是的。」

「現實卻是世界受到改寫。事情棘手呢。」

優麻望著窗外，緊咬嘴唇。

憑闇誓書的力量，要將白天變成夜晚或者把校舍變成廢墟，應該都輕而易舉。雪菜反而不曉得除了那以外，還有什麼手段能實現這種異常的景象。

然而闇誓書裡只記載了依擁有者所願改寫世界的力量，假如沒有人期望，這樣的世界就不可能成真。

「是誰……為了什麼目的，要讓世界變成這樣的廢墟……」

「完全想不到呢。但是，如果要解開這個謎，關鍵應該在古城身上。」

「……妳是說，曉學長嗎？」

「啟動闇誓書需要龐大的魔力。我的母親是用星辰之力當作魔力源，然而必須等上十年才能讓行星就位。假如這個世界已經創造出闇誓書，代表有人用了足以與星辰之力匹敵的強力魔力源。」

優麻道出的一句話讓雪菜詫異得眨了眼。

「難道是用第四真祖的魔力……？」

「想不到其他可能性呢。」

優麻困擾似的苦笑，雪菜也微微吐氣。第四真祖的力量強大過頭，不管願意與否都會招來麻煩。不知不覺就被捲入災厄，很像是他會遇到的狀況。

「問題在於是什麼人用了哪種方式利用古城……不過，想得到的可能性實在太多。假如妳可以陪著古城，就多少比較讓人放心。」

「咦……？啊，說得是呢。對不起……」

優麻投以遺憾似的目光，雪菜便不由得道了歉。

雪菜是政府授意獅子王機關派來的人員，負責監視第四真祖。如果古城惹了什麼問題，就是雪菜監督不周。然而優麻想談的似乎並不是那麼回事。

「期待那傢伙來約妳是不行的喔，姬柊同學。難得的校慶，要是妳想跟古城一起逛，自己就要更積極行動才可以。」

「不、不是的，我並沒有在期待。」

「但是，反正都要監視，妳沒有想過要跟他一起逛校慶嗎？」

「我、我只負責監視而已……」

「校慶會舉行到明天，只要盡快解決這項異變，或許就有機會跟古城一起度過呢。假如妳沒興趣，那我倒可以代為邀他。」

「不、不是的，我也不是說完全沒興趣……」

優麻愉快似的提議，使得雪菜目光飄來飄去。

這時候，昏暗的校舍裡響起了尖聲慘叫。雪菜她們蹦也似的回頭，就看見學生們被怪物攻擊而逃竄的身影。

「鬼火？」

「糟糕了。這樣對付不完……！」

攻擊學生們的是飄在半空的無數火球，應該屬於精靈或鬼火之類。雖然並不算強大的魔物，卻一樣危險。

雪菜她們一邊挺身保護那些害怕的學生，一邊迎擊火球。

然而在校舍內避難的學生似乎並不只這些人。校舍到處有新的魔物出現，每有魔物出現便又會傳出慘叫。如優麻所說，光靠她和雪菜兩人要保護所有學生幾無可能。

「優麻同學，他們……？」

「沒事的。嚇昏了而已。」

優麻蹲到倒在走廊上的學生們身邊，放心地露出微笑。雪菜納悶地瞇起眼問：

「表示對方的目的並不是要加害學生嗎？」

「不害人，光嚇唬而已嗎？簡直像恐怖之館(Haunted House)呢。」

「妳說……恐怖之館？」

「嗯。像遊樂園的娛樂設施。」

優麻隨口說的玩笑話出人意表，讓雪菜停下動作。

「提到這個，聽說曉學長他們班推出的活動是鬼屋，而且還用了『魔族特區』的幻術投映技術……！」

「幻術？這樣啊……總算看出玄機在哪裡了呢。」

優麻端正的嘴邊浮現自信的笑意。

夜晚的廢棄校舍，還有只為了嚇唬誤入其中的學生而隨機出現的各種怪物。其機制簡直與鬼屋一模一樣。

但是，倘若闇誓書的擁有者目的就是要在現實世界中重現鬼屋，這種莫名其妙的異象就能得到解釋，跟優麻研判古城跟異象有關的推理也互相吻合。

「古城他們班的教室是在？」

「往這邊。假如這間廢棄校舍構造和彩海學園一樣——」

雪菜說著就在昏暗的走廊上拔腿急奔。但是，她跑不到幾步就停住了。有道人影擋在前面，彷彿要阻斷雪菜她們的去路。

用沒有表情的面具遮住臉孔，一頭亮麗髮型的少女。

「妳是……？」

雪菜感受到近似殺意的異樣氣息，立刻持槍備戰。

面具少女沒有武裝，可是在她身邊有股骸骨兵等怪物無法相比的濃密魔力迴繞。

「……不是單純的幻影……幕後黑手出現了嗎？」

優麻一邊讓「守護者」具現成型一邊問道。

好似在回答她的問題，少女身邊有成群怪物出現。

雪菜默默地在握槍的指頭上使勁。看來對方似乎不會輕易放她們去古城的教室。

7

或許是被豪華獎品釣來的，天生一對徵選會的參賽者比預期的還多。不過，報名參加的大多是想博君一笑的同性情侶。感覺只像搞錯活動主題的謎樣療癒吉祥物大軍；帶著一對公雞母雞的生物社社員；甚至還有捧著美少女人偶模型當寶貝的模型社社員，參加的班底五花八門。

「搞什麼嘛！參加比賽的根本都是怪咖！」

淺蔥看了一圈出場者的休息室，並目瞪口呆地低聲驚呼。

我倒覺得輕輕鬆鬆的就好——古城在嘴裡嘀咕。

「反正是國高中的校慶……即使說要選出一對最相配的情侶，會這樣也很正常吧。怎麼辦？妳要棄權嗎？」

「我要比！來到這一步，怎麼可能退讓！」

「要比是可以啦，但我們這副打扮會不會缺乏震撼力？幾乎變成扮裝大賽了耶。」

古城用不太有興致的口氣指出這點。

既然目的在博君一笑，會變成這樣說來也是理所當然，參賽者幾乎都穿了精心準備的服裝。扮女裝或男裝自然不用說，打扮成動畫或電玩知名角色的人也不少。至於認真要拚優勝的正牌情侶，絕大多數都想靠主題一致的喬裝或情侶裝來強調他們有多恩愛。無論如何，穿制服的古城和淺蔥在這些人當中實在是樸素到極點。

「震撼力確實很要緊呢。幸好我也設想過這種狀況，都有預先做準備。」

淺蔥裝模作樣地說完，就打開從教室拖過來的行李箱。從箱子裡取出的，則是鑲了華麗蕾絲的純白結婚禮服。

妳從哪裡弄來這種東西——古城一瞬間嚇到了，但……

「這不是鬼屋要用的服裝嗎！原本預定讓人扮幽靈新娘的……」

「給新娘穿的就算結婚禮服啊，你不講就不會穿幫啦。來吧，古城，你也趕快換上。」

「……受不了妳。」

古城望著被硬塞到手裡的晚禮服，微微嘆了氣。不過冷靜想想，穿新娘裝參加天生一對徵選會的主意並不壞。

古城在被分配到的休息室換上穿不慣的正式服裝，等待淺蔥出來。過不久，從更衣室的牆壁另一邊傳來淺蔥的聲音。

「古城，你穿好了？抱歉，來幫我一下。」

「啊，噢……知道了。我要進去嘍？」

古城確認過沒有其他人以後才進去更衣室。裡頭的淺蔥衣服換到一半，正用雙手拚命按著快要滑落的禮服胸口。

「呃～～……」

「古城，這邊！背後的緞帶，幫我拉著！」

「緞帶？啊……把這綁好就行了嗎？」

古城看向禮服背後的綁帶構造，然後朝純白的緞帶伸出手。雖說是扮裝用的複製品，淺蔥想一個人穿好結婚禮服似乎還是有困難。

「你怎麼了？再拉緊一點啦。」

「呃，即使妳這麼說……」

淺蔥瞪人似的回頭看過來的視線讓古城尷尬地別開目光。畢竟結婚禮服這種服裝，肩膀與背後都比想像中更暴露。何況淺蔥還把頭髮束起來，白皙的頸子全都裸露在外。

她像這樣近距離裸露，使得古城飢渴得喉嚨吞嚥作聲。

「欸，古、古城……你要看到什麼時候！」

淺蔥難免紅了臉瞪向古城。抱歉——古城連忙握住緞帶，束緊淺蔥的腰。然而，他的鼻腔隨即發熱，窒息感突然湧現。

「怎麼了，古城？欸……等等，你流鼻血了！」

淺蔥發現古城滴滴答答地噴出鼻血，就小小聲地叫了出來。

「啊……是啊……」

古城卻懷著莫名鎮定的心情，擦起滴落的鼻血。

8

「『蒼』！」

優麻的「守護者」刺出大劍，貫穿看似落魄武士的亡靈。亡靈保不住實體，在青白色雜訊灑落後隨之消散。

不過那僅止於短暫。面具少女將右手輕輕一揮，新的亡靈便從黑暗中出現。這裡是她創造的世界，一切都會隨她的意化為現實。

「原來如此。不管怎樣，她就是不想讓我們靠近古城他們的教室嗎……！」

傷腦筋——優麻吐了吐舌。雖然她故作堅強，臉上卻已顯露出一絲疲倦。敵人的數量實在太多了。

「優麻同學，面具少女（那個人）讓我來對付，請妳先走！」

雪菜一邊揮舞銀槍一邊朝優麻喊道。

雪菜也一樣累了。再繼續應付那些怪物，兩人應該遲早都會耗盡力氣。除非斬斷對方的力量源頭，否則面具少女絕不會倒下。

不過，優麻遺憾似的笑著搖搖頭。

「很感謝妳這麼說，但事情似乎沒有我們想的那麼便宜。」

「咦……？」

雪菜循著優麻的視線便也發現了，面具少女的背後有新的身影出現。然而，那是性質異於先前那些怪物的敵人。覆有紅色裝甲，輪廓粗獷的現代兵器。具弧度的砲塔調頭過來，將巨大砲身轉向雪菜。

「那是麗迪安的……超小型有腳戰車？」

「糟了！『蒼』！」

優麻的「守護者」將空間扭曲，強行讓雪菜移轉位置。隨後有腳戰車發射的砲彈掠過雪菜上一刻站的位置，疾飛而去。

砲彈轟在校舍牆壁上，碎片隨著驚人的爆壓四散撒落。假如直接命中，雪菜的肉體應該一砲就飛出去了。

「姬柊同學，要小心。妳的長槍對那傢伙無效。」

優麻表情凝重地告訴茫然呆立的雪菜。

「那傢伙不是幻覺，它有實體。我想操控系統大概是被別人竊據了。」

「系統被竊據……？」

『然也……在下面子掃地了是也，二少奶奶。』

「二、二少奶奶？」

從戰車外部擴音喇叭傳出了無助的說話聲，讓雪菜臉上浮現難以言喻的表情。因為雪菜憑直覺就可以聽出麗迪安稱呼她二少奶奶，意思便是把她當成了古城的情婦。照這種說法，大老婆應當會是淺蔥吧。

被關在戰車裡的麗迪安似乎消耗甚鉅。戰車遭他人胡亂駕駛，甩來甩去會累成這樣也是難免。不趕快救出來的話，她的身體狀況也令人擔憂。

「妳想得到有哪個駭客能竊據那輛戰車嗎？」

優麻問了表情複雜的雪菜。

「我不清楚。不過，如果是藍羽學姊，大概辦得到。」

「藍羽同學……原來如此，她有那種能耐啊。之前我就覺得她不是簡單角色。」

嗯嗯——優麻佩服似的嘀咕了。她剛到絃神島之後曾經和淺蔥見過面。

「保險起見，我先確認一下，妳覺得這裡會不會是藍羽同學所期望的世界？」

「不，我想沒有那種事。」

面對優麻新的疑問，雪菜斷然搖頭。雖然面具少女模仿了淺蔥的外表，但率領眾多怪物的她並不是淺蔥。淺蔥毫無動機要讓恐怖之館的世界化為現實，何況這個世界也沒有任何她喜好的要素存在。沒有美食，沒有時尚服飾，更沒有曉古城。

「我想也是。」

嘻——優麻露出微笑。

「既然如此，這些『現實』八成就是幻術伺服器失控的副產物了。」

「幻術伺服器……？電腦會用闇誓書的力量？」

「記得那是叫人工智慧吧。雖說是人造物(程式)，既然它擁有自我，要啟動魔導書就並非不可能。設置用來營運鬼屋的電腦，轉而讓鬼屋化為現實，我倒覺得很自然耶。」

「是、是嗎……」

雪菜含糊地點了頭。優麻的主張固然是天外飛來一筆，但姑且說得通。再說幻術伺服器的程式應該也是由淺蔥負責，假如人工智慧記住了淺蔥的駭客技術，恐怕就有能力竊據麗迪安的戰車。

「這樣的話，真正的藍羽學姊在哪裡……？」

「大概在這裡以外的另一個『世界』吧。藍羽同學創造出的『世界』八成另有所在。」

「藍羽學姊期望的『世界』……」

雪菜將銳利的視線朝向面具少女背後。

闇誓書是可以讓擁有者隨意改寫世界的魔導書，不過改寫出來的世界數量未必只限一種。實際上，仙都木阿夜就曾在雪菜面前同時創造了好幾種世界，雖然那些只是構築於結界內側的小小世界而已。

「……學長他們的教室有結界！」

雪菜察覺到有另一道隱藏的結界存在，便握緊了「雪霞狼」。

古城他們班的教室整間被強大的魔力屏障罩住了，淺蔥恐怕也被關在裡頭，而且幻術伺服器的本體也在其中——

『別想走……！』

面具少女敵意盡露地大吼。麗迪安的有腳戰車用前腳內藏的機槍掃射。

然而那波攻擊打不中雪菜，因為優麻讓「守護者」伸出了魔力之絲來操控有腳戰車，讓彈道偏離了。

「優麻同學——！」

「不要緊。畢竟我的『蒼』也滿擅長占據肉體操控他人。」

優麻毅然笑了出來。她藉由扭曲空間將彼此的神經錯接，以往甚至還操控過古城的肉體。這次優麻應該就是應用這一招，從物理方面占據了有腳戰車的電子回路。

然而魔力幾乎都用於操控空間，導致優麻目前的作戰能力所剩無幾。這種狀況拖久了對她有危險，已經沒時間猶豫了。

「狻猊之神子暨高神劍巫於此祀求——」

雪菜肅穆地唱誦禱詞，並將所有靈力灌入「雪霞狼」。刻印於「雪霞狼」的術式啟動，清澄光芒籠罩了長槍。

「破魔的曙光、雪霞的神狼，速以鋼之神威助我伐滅惡神百鬼！」

銀槍一閃，耀眼的神格振動波光芒隨即掃過虛空。原本設下的結界被斬除，白晝的光芒將世界染白。

怪物們蠢動的「夜之世界」開始逐漸崩解。

9

「對彼此的事情了解多少，題目一出——就知道！」

舞台上的主持人興奮到異常地喊了起來，聚集在校園的觀眾也跟著高舉拳頭。

古城和淺蔥從舞台上面無表情地望著如此讓人自暴自棄的光景。

「對另一半理解得夠深是理想情侶最起碼的條件！所以嘍，將對方的身高、體重、出生年月日與喜歡的食物、興趣及過去的糗事一一爆料出來，才晉級到決賽的挑戰者就是這幾位了！」

古城他們被主持人從背後硬推，走到了舞台中央。

古城當然是穿著晚禮服，而淺蔥則是一身純白的結婚禮服。不過他們倆黯淡的表情與身上的亮麗裝扮呈現對比。

「這……這場徵選會是怎樣嘛……」

「為了晉級，我覺得我們失去了不少重要的東西……」

淺蔥和古城用消沉空洞的眼神望著彼此的臉，一邊喃喃嘀咕。雖說是為了在比賽中晉級，古城他們就自己所知，在觀眾面前揭露了一大堆對方的祕密。到最後與其說在回答問題，他們所做的更像是單純互挖瘡疤。交情久到一個地步反而成了一大敗筆。

不過眾多犧牲並沒有白費，在晉級決賽的情侶當中，古城他們的成績穩居第一，跟第二名以後的分數差了快一百二十分，幾乎勝券在握。

「那麼終於到了最後一道題目，請問曉／藍羽這一對！坦白說，女方目前想被吻的是什

麼地方！請男方實際親吻那個地方來回答！」

「啥！」

題目尺度超乎想像，讓古城和淺蔥都慌了。

「等……等等……我沒聽說要這樣耶！」

「話說，這樣行嗎？你們這場徵選會姑且也算學校活動吧……？」

「負責生活輔導的笹崎老師表示：『哎，雙方都同意的話就無妨吧？』所以我們是有得到允許的！」

「喂，真夠隨便的耶！」

那個女老師未免太馬虎了吧——古城忍不住抱頭。就算是為了三萬圓餐券，大庭廣眾之下要親吻還是令人抗拒到不行。

「總之就親個手背之類的避免糾紛，好嗎？」

「也、也對，反正我們是遙遙領先的第一名，錯一題應該不至於……」

古城和淺蔥壓低音量商量。即使淺蔥事前已經將問題的答案提交出去，似乎也沒想到賽方真的會要他們在舞台上接吻。

然而，好似要打破古城他們這種盤算，主持人輕描淡寫地補了一句：

「啊，我忘記說了，由於這是最後一題，答對者可以拿到兩百分的額外分數！」

「那算什麼啊！」

「之前的得分根本沒意義嘛！」

古城和淺蔥對主持人提出激烈抗議。第一名的古城他們跟排最後的情侶分數只差一百八十分，光是答錯末尾這題，甚至有可能跌到最後一名。

「來吧，剩餘時間十五秒。請作答！」

主持人淡然應付掉古城他們的激烈抗議，並且開始倒數。

唔唔——古城咬牙作響並停下動作。

而淺蔥使勁掐住古城的臉頰。接著，她用蠻力讓古城面朝自己，然後緩緩把臉湊過去。

「喂……淺、淺蔥……」

古城緊張得聲音沙啞了。

閉上眼睛的淺蔥長長的睫毛正在晃動，白淨臉頰染上一絲櫻花的色彩。近得足以讓氣息撲面而至的距離內有她軟軟的嘴唇。

她的唇會觸及古城——讓人如此以為的那一瞬間，淺蔥就睜開眼睛了。

「才怪～～」

淺蔥心滿意足似的一邊嘀咕一邊誇張地聳了聳肩。古城帶著混亂的表情轉頭看向她說：

「淺、淺蔥？」

「已經夠了啦，古城……這些，並不是現實吧？」

「原來……妳察覺到了？」

「當然啦。你以為班上的幻覺投映伺服器程式是誰寫的？反正玩得還算開心，我倒是覺得無所謂。」

淺蔥仰望訝異的古城，並且傲氣十足地笑了。

這場「彩昂祭」並非現實，古城是在不久前才如此篤定的。當他看見淺蔥換上結婚禮服時，曾經興奮得流鼻血，吸血衝動卻沒發作。那時候，古城就曉得自己的身體狀況有異了。

目前古城的肉體失去了吸血鬼之力。

跟這一模一樣的現象，古城之前也有體驗過。那是在波朧院節慶夜晚——仙都木阿夜改寫的「世界」中所發生的事。

「摩怪，是你搞的鬼吧？」

淺蔥無視比賽的主持人及觀眾，靜靜地開口喚了一句。

「這個世界實在太稱心如意了，簡直像是把我的願望直接化為現實一樣。除了我以外，要是有誰能辦到這種事，摩怪——那就非你莫屬了。」

『咯咯……』

淺蔥話還沒說完，某處便傳來邪惡的笑聲。

剎那間，周圍的景象變了。舞台上的主持人，還有聚集在校園的觀眾也跟著消失，只剩沒有出入口的無人教室。

在教室中央——講台上頭，迎面擺著運作中的大型電腦。

有個陌生的少女待在電腦旁邊，彷彿睥睨著古城和淺蔥，站在那裡。

她的外表和淺蔥十分相像，卻用沒有表情的面具遮著臉。面具底下冒出了帶著「咯咯」雜訊的合成語音。

「那傢伙……是摩怪嗎？」

「呃……大概。」

面對古城的疑問，淺蔥回以含糊的答覆。面具少女的外表和摩怪原本的造型相差甚遠，似乎讓她有些困惑。

淺蔥罕見地帶著看似困擾的表情，看了沒有出口的教室一圈並問：

「然後呢，我們要怎麼做才能脫離這裡？」

「呃，妳何苦問我啊……」

古城板起臉搖頭。現在的古城是不具任何力量的一般人，面對可以改寫「世界」的人工智慧也實在束手無策。

當然了，面具少女應該也明白這一點。她睥睨古城他們的態度有種昂然得意的餘裕。

但是少女那副模樣卻忽然生畏似的強烈動搖了。

閃光在少女背後燦然閃耀，空間如地裂一般逐漸被撕裂。手持閃亮長槍從昏暗的「夜之世界」現身的人，是腰際莫名其妙附了尾巴，且身穿旗袍的雪菜。

「——學長，你沒事吧！」

「姬柊！」

雪菜捧著長槍，在訝異的古城眼前著地。接著，她注意到古城他們的婚禮裝扮，便不悅地蹙起眉頭說：

「兩位學長姊，你們那副打扮是……」

「啊……沒有啦，不是那樣。這是扮裝！對，鬼屋要用的！」

「就、就是啊，我們為了學生餐廳的三萬圓餐券，不得已就……！」

「喔。」

是嗎——雪菜用沒有情緒的眼睛望著古城他們。

而在雪菜身後，有個讓空間搖曳如漣漪的少女穿著男裝出現了。

「受不了。古城，你還是老樣子呢。」

「優麻？怎麼連妳也……！」

古城看似大吃一驚地望著突然出現的青梅竹馬。

優麻卻不予回答，還帶著嚴肅的臉色回頭看向背後。

「之後再說，古城！要先設法對付那傢伙才行！」

「那傢伙……？」

仍未掌握狀況的古城抬起頭，從空間裂縫冒出的敵影就讓他臉色發青了。

覆有厚實裝甲板的有腳戰車好似要保護面具少女，調頭將砲口對著古城等人。

「『戰車手』——！摩怪，你該不會……！」

淺蔥臉色蒼白地瞪向面具少女。人工智慧少女率領凶惡的戰鬥兵器，只顧在面具底下靜靜笑著。

『咯咯……』

10

有腳戰車的機槍開火了。古城等人立刻伏倒在地，轟碎的桌椅碎片便落在他們頭上。

「怎麼搞的，淺蔥？摩怪是跟妳搭檔的人工智慧吧！為什麼那傢伙會攻擊我們？」

「我也不曉得啊！基本上，事情從人工智慧化為實體時就不對勁了吧！」

聽了古城像在怪罪的那些話，淺蔥惱羞成怒似的反駁。

而古城一面挺身保護淺蔥，一面對自己的無力咬牙切齒。

如今古城失去了第四真祖之力，沒有手段對抗有腳戰車。他只能躲在優麻的「守護者」背後，一個勁地忍受槍林彈雨。

「是闇誓書搞的鬼喔，古城。」

優麻蹲在古城旁邊，口氣冷靜地這麼說道。

「闇誓書？可是，那玩意兒不是消滅了嗎？」

「不……它還殘留著，以人類眼睛無法看見的形式。」

「什麼？」

古城疑惑地反問。

闇誓書最初的擁有者，人稱「書記魔女」的仙都木阿夜，其能力就是複製魔導書。她運用那種能力，將闇誓書的內容記到了彩海學園的校舍，然後她將整座彩海學園變成了巨大的魔導書。

但是，那本闇誓書的複製品已經沒了，消滅它的不是別人，正是古城他們。

在闇誓書已經喪失所有魔力的情況下，想必沒有人能從絃神島把它偷走。沒錯，不存在。能奪走闇誓書的「人類」並不存在——

「就是監視攝影機啊，古城。」

「攝影機……？」

「仙都木阿夜記在校舍的闇誓書片段，被監視攝影機記錄成影像資料了。當然，光有資料也不能啟動闇誓書就是了……」

這樣啊——淺蔥聽過優麻的說明，繃緊了表情。

「幻術伺服器……！假如是『魔族特區』為行使魔法而製造的電腦，性能（spec）就足以……」

「表示電腦被闇誓書汙染了嗎……！」

古城總算理解到這些異象的原因，愕然吐出氣息。

理應被消滅掉的闇誓書將模樣轉換成監視攝影機的影像紀錄，強韌地活了下來。而且它利用淺蔥等人帶進學校的幻術伺服器，再次行使了魔導書的詛咒，就連人工智慧摩怪也成了被闇誓書竊據的犧牲者。

「既然這樣，只要打壞那台幻術伺服器——」

「笨耶，古城！」

「不可以，學長！」

「唔噢！」

有腳戰車朝著想衝向講台的古城發射主砲。淺蔥和雪菜連忙把古城拉回來，再由優麻操

控空間勉強阻擋砲彈直擊。

「麗迪安的『膝丸』是專門對付魔族的最新兵器喔！血肉之軀的人類，怎麼可能接近被那種東西保護的伺服器！」

「就算這樣，再耗下去也只會一面倒吧！」

淚汪汪的淺蔥怒斥，使得古城軟弱地回嘴。

真是的——淺蔥粗魯地嘆氣，並拿出愛用的智慧型手機。

「我的意思是不用去對付戰車。簡單說呢，只要把麗迪安從受到汙染的摩怪支配下救出來就行了吧。」

「妳是指反過來駭入那輛戰車嗎……！」

古城察覺淺蔥準備做的事情，愕然睜大眼睛。在這段期間，淺蔥已經啟動自製的駭客用軟體，並且接連輸入詭異的指令。她正在破除有腳戰車的防火牆。

「我才不管什麼闇誓書，電腦世界（這一塊）可是我的地盤，休想來撒野。」

淺蔥露出凶狠的笑容，一邊陸續拿出新的手機以及行動裝置。結婚禮服裡有什麼地方可以藏那些東西啊？古城還來不及訝異就先傻眼了。

有腳戰車的槍擊停了。它從全身關節迸出青白色火花，像發條玩具一樣以不自然的姿勢停下動作。

然後戰車的主砲緩緩調頭，這次瞄準了幻術伺服器。

可以感受到隱藏表情的面具少女明顯有動搖的跡象。

「好了，收工嘍。」

淺蔥淡淡嘀咕，朝智慧型手機的畫面伸出手。液晶畫面上顯示的是「ＯＫ／取消」兩種選擇。那是主砲的發射指令。

不過在淺蔥觸擊畫面的前一刻，有腳戰車的擴音喇叭發出了聲音。

『女帝大人……那樣真的妥當乎？』

「咦？」

麗迪安好似在關心自己的話語讓淺蔥露出提防的臉色。

「是啊。我認為應該先跟藍羽學姊說明清楚。」

雪菜用認真的眼神看了淺蔥。的確呢──優麻也淺淺地苦笑說：

「很高興得到妳的協助，但我們有事情非告訴妳不可。假如妳將幻術伺服器從闇誓書的支配中解放出來──」

「現在的我就會消失，妳是這個意思嗎？」

在優麻說完以前，淺蔥就隨口反問了一句。

「難道說……學姊妳都明白……？」

雪菜訝異得眼神動搖了。古城則逼到雪菜面前問：

「妳們說淺蔥會消失……是什麼意思！」

「換句話說，目前在這裡的藍羽同學並不是本尊。當然你也一樣，古城。」

優麻代替雪菜回答。

「目前的你們在闇誓書創造出的虛假世界裡也占了一小部分。這個世界是藍羽同學作的夢。雖然我並沒有親眼確認，但我想你們的本尊目前依然跟受到闇誓書汙染的電腦相連。」

「妳說這是在作夢……可是，為什麼會……」

「要啟動闇誓書，必須有操控幻術伺服器的操作員，以及第四真祖的魔力。闇誓書靠古城的魔力啟動以後，就照著藍羽同學的願望創造了這個世界，藍羽同學期望的理想世界。」

闇誓書隨意改寫世界的能力對擁有者本身不具效果。過去仙都木阿夜將異能之力從紘神島上消去時，阿夜本身的魔力也沒出現變化。闇誓書要實現淺蔥的願望，就只能讓她入夢。

然而古城無法接受似的不悅地搖搖頭。

「怎麼可能……畢竟，我們只是很正常地逛了彩昂祭而已耶，為什麼淺蔥要特地許那樣的願望！」

「呃～～……唉，所以啦……」

她的願望就是「跟古城一起逛彩昂祭」啊——優麻實在無法講明這件事，便語塞了。至於雪菜，則是對淺蔥感到同情似的垂下目光說：

「學長……」

「這男的啊，就是這副德性。」

淺蔥不悅地哼了一聲，接著她立刻釋懷似的開朗笑著說：

「不過，古城說得對。這種虛假的記憶，消失了也不算什麼。我只要在現實世界留下更好的回憶就行啦，反正彩昂祭還在繼續。」

「真不愧是藍羽同學……難纏的對手。」

優麻對淺蔥投以讚賞的眼光。淺蔥自豪地瞇起眼說：

「謝啦。我會把妳這句話當成誇獎。」

話一說完，她就隨手觸擊了智慧型手機的畫面。

「淺蔥……！」

「再會嘍，古城。」

有腳戰車的主砲伴隨著巨響開火了。極近距離下發射的砲彈不偏不倚地粉碎幻術伺服器的機體。剎那間，世界染上了一片白茫。

面具少女留下微弱的「咯咯」雜音，消失蹤跡。

古城的意識只有保留到這裡。

淺蔥的身影被閃爍的電子光芒吞沒，然後逐漸消散。
於是世界從夢裡醒了。

11

「學長，請你醒醒，學長。」
雪菜的聲音從身邊傳來，讓古城緩緩睜開眼睛。午後陽光從頭上灑落，有種被烘烤般的不快感。
熟悉的彩海學園校園，周圍吵吵鬧鬧。搭起成排攤位的操場上有許多學生及一般客人。彩昂祭應該舉辦得正熱絡吧——古城以睡迷糊的腦袋思考。
「姬……柊……？」
古城察覺雪菜低頭看著自己，便鬆了口氣。
感覺像作了一場漫長的夢，精神上的疲倦沉沉地壓著全身。尤其是天生一對徵選會的羞恥體驗，雖說是發生在夢中，影響還是滿顯著的。被戰車砲瞄準的恐懼格外鮮明地烙印在記憶裡。

「什麼嘛，原來是作夢……逼真到讓人覺得亂累一把……」

古城把耳朵上那副仿3D眼鏡造型的智慧功能眼鏡甩開，慢吞吞地撐起上半身。不可思議的是，這一覺睡起來倒沒有多不舒服，不過雪菜並沒有用腿枕著他。古城確認過這一點以後，就安心地伸出手打算撐著牆——

「呃……什麼玩意兒啊，這種觸感？咦……！」

傳到指尖的柔軟彈性讓古城繃住臉。乍看含蓄卻意外豐滿的胸脯盡在古城的掌握之中。

「實在很羞人呢，古城。有姬柊同學看著還這樣……」

扮男裝的少女帶著略顯害臊的表情垂下目光。唔噢——古城嚇得聲音變調，並且使勁跳了起來。

「優、優麻？妳怎麼在這裡！」

原本不應出現的朋友在場，讓古城將零碎的記憶串在一起。優麻的服裝跟古城記憶中完全一致，雪菜手裡也握著鋒芒畢露的「雪霞狼」。這表示剛才發生的事並不是古城在作夢。

「原來那都是現實嗎？闇誓書呢……淺蔥在哪裡！」

古城眼神焦慮地問。他的身體已經取回第四真祖之力了。

淺蔥不曉得古城是吸血鬼，所以在她盼望的世界裡，古城無法使用吸血鬼之力。而古城取回了能力，就表示這裡已經不是淺蔥的世界。然而在古城等人身邊卻找不到淺蔥的身影，只有她尚未回到原本的世界。

「要找藍羽同學的話，她就在那裡面，八成不會錯。」

優麻說著指向彩海學園的校地之外。

絃神島的中央地帶。那裡原本是名為基石之門的建築物所在處。將四座人工島聯結在一起，掌有一切都市機能，名實相符的絃神島樞紐。可是，那座大廈卻不見蹤影。

取代基石之門蓋在那裡的是一座城堡，而且那並非正派的城堡，被彷彿排斥他人接近的險峻斷崖與深邃森林圍繞，上空籠罩著邪惡的黑霧，還有讓人聯想到怪物臉孔的邪門外觀

——簡直像出現在古老童話裡的魔王居城。

「搞什麼，那到底是……」

呆若木雞的古城聲音顫抖。

雪菜難以啟齒似的垂下目光。

「闇誓書和摩怪融合以後，好像有了自我。看來它似乎是抓藍羽學姊當人質，據守在那座城堡裡了……」

「……表示這是摩怪期望的世界嗎……」

所以才冒出這種跟ＰＣ線上遊戲一樣的景象嗎？古城反倒信服了。

古城他們教室裡的幻術伺服器被破壞了，但是在基石之門內部，作為摩怪本尊的超級電

腦還留著。於是遭闇誓書汙染的摩怪應該就透過網路連線，移動到基石之門。

歸結來說，淺蔥等於被黑暗摩怪綁架囚禁的公主。

「哎，所以我們得去救出藍羽同學才行嘍。」

優麻在呆立不動的古城旁邊毅然嘀咕了。

「我們走吧，學長。」

雪菜也捧著長槍，同樣朝古城仰望而來。

古城茫然仰頭向天，然後大大地嘆了口氣。

「饒了我吧……」

以染紅的傍晚天空為背景，魔王城展露其漆黑的威容。

彩昂祭的漫長夜晚即將來到。

To Be Continued....

「跟平常一樣」

那天早晨，曉古城走出玄關準備去上學，才看見一如往常守候在外的雪菜，就訝異得停住不動。

「妳……妳是怎麼了，姬柊？」

「沒事的。我就跟平常一樣……跟平常一樣，學長。」

臉色蒼白的雪菜一邊猛咳一邊這麼告訴古城。

「妳的狀況怎麼看都不正常吧。好燙……妳這不是發燒了嗎！快回家靜養！」

古城把手湊到雪菜額前，燙過頭的體溫讓他傻眼地喝斥。可是，雪菜卻頑固地搖頭說：

「因為我是學長的監視者——」

「我說妳啊……」

古城望著搖搖晃晃還嘴硬的雪菜，便生厭似的嘆了氣。

「好吧，那就隨便妳吧。反正我今天打算翹課在家鬼混。」

「學長……」

「姬柊妳有什麼打算？」

「我、我當然會陪在旁邊，因為我是學長的監視者。」

「是是是，妳說得對。」

古城帶著腳步踉蹌的雪菜回到自己家。雪菜被抱到古城床上靜躺，虛弱地抓著古城的手。

「學長……請你要一直待在旁邊喔。」

雪菜夢囈似的用無助的語氣說道。古城聳肩語帶苦笑地告訴她：

「我明白。妳好好監視吧。」

好的——雪菜安心地微笑以後才總算閉上眼睛。

對世界最強吸血鬼與他的監視者來說，這是跟平常一樣的光景。

SS THE BLOOD #

第四章
閉幕，然後……
-The Final Act-

1

遠東的「魔族特區」絃神島是漂在東京南方海上三百三十公里處的人工島。

島嶼總面積約為一百八十平方公里，總人口約五十六萬人。是將名為Giga Float的超大型浮體構造物連接而成的機械裝置巨大都市。

在島嶼中央地帶有名叫基石之門的楔形建築物，如名稱所示，作為島嶼的基石，該建築掌握了絃神島所有都市機能——原本理應是如此。

然而，如今基石之門的周圍卻被蒼鬱茂盛的森林所籠罩，原本該有未來感高樓建築的地方聳立著漆黑城塞。

令人聯想到怪物臉孔的邪惡外觀——

有如古老童話裡會出現的魔王居城，戾氣十足的城堡。

「啊～～……我不太能掌握狀況就是了……」

古城從彩海學園校舍遠遠望著聳立的魔王城說道。

現在是傍晚時分，彩海學園的校慶——彩昂祭第一天即將結束。

「淺蔥真的被帶到那座城了嗎？」

「被帶去的倒不只藍羽同學呢。」

聽了古城的疑問，身穿黑外套配休閒款領帶的仙都木優麻如此回答。優麻正在追查國際犯罪組織「圖書館」的餘孽，似乎是為了調查復活的闇誓書才會來彩海學園。彩海學園可以脫離電子資訊化的闇誓書支配，要歸功於碰巧在場的她。

「雖然不曉得正確情況到底如何，但是除了藍羽同學以外，好像還有許多人被抓走。我猜呢，目的應該是要確保闇誓書啟動所需的魔力。」

「這樣啊……摩怪沒辦法使用魔力對吧。」

「嗯。縱使人工智慧與闇誓書融合，也無法供給魔力讓闇誓書運作。反過來說，也表示它能弄到魔力源的話，就可以取用闇誓書的力量。」

「……代表這些景象果然是由摩怪具現而成的世界嗎？那傢伙想做什麼啊？」

古城環顧紘神島傍晚的景色，由衷感到困惑。

可以讓擁有者隨意改寫現實世界就是闇誓書這本萬惡魔導書的能力。摩怪應該就是利用這本闇誓書，將基石之門改換成魔王城的面貌。

然而現實世界遭竄改的部分只有基石之門周圍，包含古城等人所在的彩海學園在內，紘神島其他區塊並沒有變化，電力與自來水的供給似乎也沒有大礙。

「這就不清楚了呢。人工智慧受到闇誓書汙染，本來就是前所未聞的事情。雖然它目前好像沒有直接危害人類的意思。」

優厤聳肩說道。摩怪的行動原理對她來說似乎也是個謎。

「不過，我們不能就這樣放著不管吧。」

雪菜穿著演話劇的旗袍，臉色僵硬地問道。

「要說的話，當然是這樣沒錯。」

板起臉的古城無意識地咕噥。

即使沒有實際危害，也僅止於現狀而已。既然不曉得摩怪真正目的為何，就無法排除闇誓書在將來成為人類威脅的可能性。

何況還有淺蔥等人被抓去了。應該趁事情變得更複雜以前，趕緊阻止被闇誓書汙染的摩怪才對。

「可是闇誓書已經跟摩怪融合了吧？有辦法消除嗎？數位資料要複製多少都行吧？」

『關於這一點，恐怕毋須擔心是也。』

有輛超小型有腳戰車貼著校舍的牆壁，駕駛員用具有時代感的語氣回答。年幼的外國少女從粗獷戰車的艙門探出臉。款式近似白色校用泳裝的駕駛裝（Pilot Suit）胸前，用平假名寫了她的名字「蒂諦葉」。

『摩怪大人乃管理絃神島五座超級電腦的化身，因此在絃神島以外的環境便無法維持實體是也。想必跟摩怪大人融合的闇誓書亦同是也。』

「這就表示，我們逃過了讓闇誓書無限散播的慘劇吧。」

外號「戰車手」的少女駭客——麗迪安．蒂諦葉的說明，讓古城放心地嘆息。

摩怪是水準位居全球之冠的人工智慧，其程式過於高端，只有絃神島才有性能相配的電腦可供其運作。摩怪連闇誓書都能納為已用的高性能同時也成了防止闇誓書散播的腳鐐。

『摩怪大人受到闇誓書汙染之前的數據應該都備份在人工島管理公社是也。因此只要我們能將目前運作中的摩怪大人強制關機（Shutdown）——』

「就可以從備份的數據，讓受到汙染前的摩怪復活對吧。」

『然也。如此一來，想必闇誓書的數據也會自動消滅是也。』

「感覺像從玩到中途的紀錄檔重新來過嘛。」

麗迪安的專業說明不太好懂，但古城姑且有了自己的理解。從她講的內容聽來，感覺事情並沒有多難辦。

然而，麗迪安卻忽然嚴肅地壓低聲音說：

『只不過，問題在於女帝大人是也。』

「……女帝？妳是指淺蔥嗎？」

『在下從剛才就對人工島管理公社的伺服器發動了駭客攻擊，卻受阻於防火牆而無法入侵是也。顏面盡失矣。』

「意思是摩怪利用藍羽學姊的力量，正在防範外界入侵嗎？」

雪菜聽了麗迪安的說明便訝異地抬起臉。

從淺蔥的亮麗外表不太能想像，她有編寫程式的專長，而且受同行敬畏的她還是頂著「電子女帝」名號的天才駭客。據說她那驚人的能力，甚至凌駕於從小就在軍事企業接受英才教育的麗迪安。

而摩怪似乎就借用淺蔥的知識及經驗來防阻麗迪安的攻擊。

「原來如此。對方抓走藍羽同學的理由是這個嗎……」

嗯——優麻把手湊在下巴嘀咕。古城不悅地撇嘴說：

「假如我們把淺蔥帶回來，就可以打破摩怪那所謂的防火牆嗎？」

『正是。只要能救出女帝大人，其餘都交給在下包辦是也。』

「這樣嗎……嗯，事情我姑且搞懂了……」

古城聽著麗迪安斷然保證的說話聲，又把視線轉到魔王城。

「表示要救淺蔥的話，到頭來，非得去那座城才行嘍？」

「總覺得有不好的預感呢，雖然這也許是我的心理作用。」

優麻以沉重的語氣表示同意。

「才不是心理作用啦，處處看得出對方已經設好陷阱在等我們的跡象啊。」

摩怪據守的魔王城四周被彷彿拒絕他人接近的險峻斷崖與深邃森林包圍，要克服那些障礙抵達城堡，光看就覺得是件難事。

「不要緊。古城，是你就會有辦法的。」

優麻說著便爽朗地微笑。古城嘔氣似的回望她說：

「當成別人家的事是吧，講得這麼輕鬆……！是說妳用空間移轉的話，不就可以一口氣傳送到那座城堡了？」

「可以的話，我也想那麼做。不過空間操控系魔法好像被封鎖了。」

優麻擺出要開啟空間移轉門的動作，一邊遺憾地搖頭。

憑優麻原本身為魔女的能力，要帶著現場所有人瞬間移動到魔王城應該也是可行。不過她試了好幾次，移轉用的門還是打不開。摩怪似乎以闇誓書之力干擾了優麻的魔法。

「無論如何就是想逼我們通過那座森林嗎？」

古城語帶嘆息地這麼嘀咕之後，朝紅色有腳戰車轉過頭。

「沒辦法……呃～妳是叫麗迪安，對吧？麻煩妳帶我到那座城堡。戰車背上擠一擠，應該可以載兩三個人吧？」

『交給在下是也，男友大人。二少奶奶也來吧，切莫客氣。』

麗迪安讓戰車壓低姿勢，以便古城等人爬上去。雖然原本並沒有設計成要載人，但是有維修用的梯子及握柄，要抓應該不至於抓不住。

既然是研發用於街道戰的有腳戰車，要在森林中跑也不成問題，萬一跟敵方開打，車上這些過當的火力與裝甲也值得信賴。何況速度還比走路快得多，而且輕鬆。

「我不是二少奶奶……」

雪菜對麗迪安的稱呼露出不滿之色，搭到有腳戰車背上。優麻也同樣跨上外殼，古城則是硬抓在戰車尾端。

麗迪安確認他們搭上來以後，就讓戰車朝著學校外頭啟程。然而跑了十公尺左右，戰車就力竭似的軋然停止。

「喂，怎、怎麼搞的……？」

差點因緊急剎車被甩出去的古城喊了一聲。

麗迪安有些困擾似的，無助地笑道：

『看來電瓶似乎耗盡了是也。』

「……這輛戰車沒辦法動了嗎？」

『好像是被摩怪大人占據期間曾轟轟烈烈地作戰所致，若花一點時間充電暫且可行……

希望你把這個插進插座是也。』

麗迪安說著就打開戰車充電用的艙蓋，裡頭藏有到處可見的一百伏特插頭。

「居然是靠家用插座充電啊……」

古城感到有些頭痛，還是把電源插頭插進校舍的插座。

以這種等級的戰術兵器來說，會讓人覺得靠不住的充電功能。連電量充滿到底要花多久時間也無法估計。

「沒辦法。古城，我留在這裡。麗迪安需要有人保護吧？」

優麻苦笑著如此說道。

如今淺蔥成了人質，有能力駭入基石之門伺服器將摩怪強制關機的人，實際上只剩麗迪安。而且有腳戰車動不了，麗迪安等於毫無防備。摩怪怕被強制關機，就針對她而來的可能性不低。

「好像還是只能用走的過去呢。」

雪菜從戰車背上下來，微微地嘆了氣。

「真的假的……」

饒了我吧——古城仰望校舍外的天空，並且搖頭。

日落前的天色是染血一般的不祥深紅。

2

後來經過約一小時，古城和雪菜抵達了魔王城底下。之所以比預料中早到，是因為公車以及單軌列車等交通機構都正常運作。

異象只發生於基石之門四周，絃神島在其他地區的設施似乎都正常運作。災情少是喜事，但摩怪的目的越來越費解，也讓人覺得更加不安。

「明明島嶼的中心變成這種狀態，大家卻意外鎮定呢。」

雪菜目送單軌列車的車輛駛離，並且困惑地開口。

「難不成這也是闇誓書的效果？」

「呃，這倒難講……」

古城一臉難為情地搔了搔頭。

「說來說去，『魔族特區』的居民對這點異象都見怪不怪了……畢竟目前交通網和基本公共設施都運作正常，又好像沒有生命危機逼近。」

「原來如此……」

「所以，問題果然是在基石之門……受不了，弄出這座森林要搞什麼嘛。」

古城一邊踏進昏暗的草叢一邊提出不滿。

變成深邃森林的基石之門舊址比想像中陰森。

古城身為吸血鬼自是不提，長於靈視的雪菜在夜裡同樣眼力過人。然而，即使有他們倆這樣的眼睛，也幾乎看不透夜晚的森林。因為除了密集的樹枝以外，還有隱約瀰漫著的夜霧阻礙視野。

「帶手電筒過來是正確的呢。」

雪菜拿著屬於學校公物的手電筒照亮腳邊路徑說道。此外她在離開學校以前已經換上了平時的制服，背後則揹著收納銀色長槍的吉他硬盒。

「學長，請你小心。周圍充斥這麼多魔力，我想就算有敵人躲著也察覺不到動靜。」

「意思是要受到奇襲才曉得嗎……」

古城不安地緊咬嘴唇。

通往魔王城的路蜿蜒如迷徑，而且就只有一條，坦白講根本不曉得路上會設什麼陷阱。

古城和雪菜一邊提防一邊前進，不久就有奇怪的人工物出現在他們面前。

代替森林樹木擋著他們的是一群密集的四方形石塊。

「這是什麼……墳墓嗎？」

古城朝被破壞得不留原形的墓碑看了一圈，聲音為之僵硬。森林裡突然出現了荒廢的古老墓園，從周圍雜草的生長情形看來，應該被擱置了幾十年之久。

為什麼摩怪以闇誓書創造出的空間裡會有這樣一片地方？古城感到納悶。

「——！」

而古城發覺墓碑後頭浮現出形影，便全身僵住了。

「學長？」

雪菜發現古城杵著不動，於是露出疑惑之色。然而古城什麼也沒有回答，只是畏懼得皺起臉。

「怎麼了嗎，學長？」

「呃，好像有人，躲在那塊墓碑的死角看著我們……」

「咦？」

雪菜訝異地瞇起眼睛，並且拿手電筒對著墓碑，可是照出來的只有已經腐朽的塔形木牌及雜草。

「似乎並沒有任何人啊……」

「也對啦……抱歉。」

古城露出僵硬的笑容，為自己嚇到雪菜一事道歉。

他確實有感覺到人的動靜，不過好像純屬誤會。就算並無怯縮之意，在這種狀況下被當膽小也只能認了。

古城懷著丟臉的心境環顧四周，於是這次就確切看見了。

「姬柊，在妳背後！」

「咦！」

古城指向雪菜背後，怒斥般做了警告。

雪菜抽出銀色長槍，蹦也似的回頭。

然而當雪菜準備好應戰時，古城看見的人影已經消失。

即使如此，她仍毫不鬆懈地環顧四周，然後用白眼看向古城。

「我後面……有什麼嗎……？」

「慢、慢著……剛才，我確實有看見矢瀨在這一帶……！」

「你是說……矢瀨學長？」

「對。矢瀨的幽靈！」

古城毫不遲疑地斷言，雪菜就責備似的瞪了他。

「學長，請你別在這種時候胡鬧。」

「我沒騙你！剛才，打扮成落魄武士模樣的矢瀨確實就在那裡！」

古城一臉拚命地強調。

在黑暗中短瞬現身的人影，肯定就是古城的同學矢瀨基樹。

只不過，他身穿染血的戰袍，全身還插著折斷的箭矢，模樣甚慘，簡直像怪談所敘述的落魄武士。

然而，雪菜用冷冷的疑惑目光對著古城問：

「外表像落魄武士，表示那個幽靈是矢瀨學長的祖先嗎？」

「呃，我想重點不在那裡。」

雪菜不肯相信，使得心急的古城提出反駁。

雖然想不到變成落魄武士的矢瀨有什麼理由要對古城懷恨在心，但畢竟這座森林並不尋常，應該是大意不得。古城追在先走的雪菜後面，心神不寧地一邊左右張望，一邊穿過墓碑之間。

而矢瀨就當著古城眼前再次現身了。

「唔、唔噢！」

落魄武士的身影太過鮮明，古城忍不住叫出聲音。

雪菜傻眼似的嘆著氣，回過頭對嚇到的古城說：

「學長，你夠了沒——」

下個瞬間，雪菜就發出「呀」的短短尖叫，並且微微地跳了一下。

然而，落魄武士的幽靈早已消失，她似乎不是看見那個才嚇到。

「姫柊……？」

「剛、剛才……有冰冰涼涼的東西，碰、碰了我的腿……」

雪菜低頭看向自己的大腿，表情隨之緊繃。她似乎不是怕幽靈，而是對物理性的刺激起了反應。

「腿？這麼說來是有點濕耶……」

古城蹲到雪菜前面，確認她的大腿。雪菜從制服裙襬底下延伸而出的白皙肌膚濕潤地反射了手電筒的光。

差不多正好是人類手掌摸得到的範圍。

「請、請學長不要這樣盯著看！」

雪菜按著裙襬朝繼續確認的古城大叫。於是突然間，雪菜就好像觸電一樣仰起身子。

「呀啊！」

「唔噢，好險！」

雪菜似乎被某種看不見的東西嚇得揮起銀色長槍，古城受她的攻擊牽連，臉色發青地趴到地上。雪菜卻完全沒發現，還露出快哭出來的表情說：

「這、這次換成背後，有某種滑溜的東西……」

大概是觸感讓人挺不舒服，雪菜扭身掙扎的動作甚為煽情。

而古城慢慢繞到她背後——

「妳說滑溜的東西……是這個嗎……？」

話一說完，他便抓起碰到雪菜頸子的物體。那是一塊大小跟人類手掌相近，Q軟有彈性的灰色物體。生的蒟蒻片。濕滑蒟蒻被人用細得看不見的釣線從森林的樹枝垂了下來。

剛才雪菜的腿應該也是被另一棵樹上垂下來的蒟蒻碰到了。

總算掌握情況的雪菜仍一臉混亂地歪過頭問：

「蒟……蒟蒻嗎？可、可是，這種東西到底怎麼來的……！」

「我大概猜得出是怎麼回事了。」

古城慵懶地嘆氣，並無力地垂下頭。

雪菜則是困惑地回望這樣的古城。

「咦？」

「我是指摩怪想用闇誓書的力量做些什麼。那傢伙原本就是為了鬼屋才被找來的。」

「鬼屋……學長是說彩昂祭的活動嗎？你們班上推出的鬼屋？」

「對啊。所以嘍，摩怪八成到目前還在執行淺蔥的程式。」

古城用滿不在乎的語氣繼續推理。

就讀高中部一年B班的古城等人在這次彩昂祭所推出的活動就是VRMMO——虛擬實境大型多人探險式鬼屋。應用「魔族特區」的技術，讓幻術投映伺服器提供以假亂真的恐怖體驗，這便是他們打得最響亮的宣傳詞。

而負責替幻術投影伺服器編寫程式的不是別人，正是藍羽淺蔥。

而且淺蔥在彩昂祭活動期間，還把伺服器交給摩怪管理與維護。交給已受到闇誓書汙染的摩怪——

「難道說……這裡是鬼屋？連這座森林也是……？」

「與其叫森林，應該算是墓園吧，畢竟用來當試膽活動的舞台正合適。然後，那座城堡就是鬼屋本身。仔細一看，造型還滿像一回事的……」

古城仰望聳立於夜空的魔王城，無精打采地嘀咕。

魔王城仿效怪物臉孔的廉價造型，跟遊樂園會有的西式鬼屋一模一樣。

被闇誓書汙染的摩怪會創造出奇特的森林及城堡據守在其中，原因就是出在要它營運鬼屋的程式。儘管做法多少有些扭曲，那個人工智慧只是忠實地在執行命令罷了。

「既然這是彩昂祭推出的活動一環，也就可以理解市民並未受害的理由了呢。」

雪菜把手湊在臉頰沉思。

就是啊——古城嫌麻煩似的點頭說：

「既然如此，介意那些幽靈也沒用，我們先前進吧。當然有所提防還是最好啦。」

「也對。我明白了。」

雪菜表示同意的說話聲傳來。不過，感覺得到聲音傳來的方向與先前雪菜所在的位置微妙地偏移了一些。

「……姬柊？」

古城覺得不對勁，手就被雪菜悄悄地牽住了。

身穿彩海學園國中部制服的嬌小少女，背後揹著黑色吉他硬盒。牽著古城邁步的她嘻嘻笑著回過頭。

以一副無眼無鼻也無口的光滑臉孔——

「唔噢噢噢！」

古城被變成無臉怪的雪菜一嚇，不禁放聲尖叫。

而這突然的叫聲則嚇到了人就在旁邊的正牌雪菜。壞就壞在剛才他們已經弄清楚這是不會有危險的試膽活動，心裡就鬆懈了。她也忍不住尖叫——

「呀啊啊啊啊！」

「唔哇啊！」

雪菜的叫聲從預料外的方向傳來，讓古城再次大叫。

兩個人的尖叫聲在昏暗廣闊的森林裡逐漸迴盪開來——

3

「總算……到了……嗎？」

「一路上好慘。」

抵達魔王城入口時，古城和雪菜已經一副上氣不接下氣的德性。

他們被迫在空曠的森林裡一直玩試膽活動，不只耗體力，精神上也相當疲勞。

無論如何，古城他們眼前有巨大的城門聳立著。鏽蝕的厚實金屬門嘎吱作響的聲音在夜空響起，緩緩地朝左右開啟。

這似乎是在表示要他們進來。

「麗迪安，妳聽得見嗎？」

古城拿出手機，然後用麗迪安告知的號碼打給她。

摩怪的干擾姑且要防，不過電話意外地一下子就接通了。

『噢噢，男友大人，一切安好乎？』

麗迪安用發音奇怪的古裝劇口吻答話。

「還過得去啦。我們剛抵達基石之門。」

『不愧是男友大人，漂亮是也。那麼，請兩位就這樣朝樓頂出發。』

「樓頂？摩怪的本尊不是在地下嗎？」

身為摩怪本尊的五座超級電腦聽說是設置在基石之門地下十三樓的第零層——海拔零公尺處。該處為基石之門的中樞，同時也是絃神島的中心地帶。

古城還以為淺蔥也被囚禁在那裡就是了——

『此乃慣例是也，男友大人。被囚禁的公主會在塔頂是也——哎，實際上，在下是靠手機基地台和ＧＰＳ情報，求出了女帝大人的位置是也。』

「原來如此。」

古城對麗迪安的說明露出苦笑。假如摩怪的目的在於重現遊樂性質的鬼屋，人質會位於頂樓就是稀鬆平常的設定了。

『然後古城，關於被摩怪帶走的人質——』

跟麗迪安的通話中，有優麻的聲音夾雜傳來。不知為何，她的語氣似乎是在體恤古城。

「妳是指淺蔥以外的學生嗎？」

『嗯。看來在那些人之中，似乎也包含了凪沙。』

「凪沙也在裡面……？」

古城臉色凝重地驚呼。可以感覺到在旁邊聽著古城他們對話的雪菜繃緊了臉。

『剩下就是拉．芙莉亞公主和擔任護衛的煌坂同學似乎也下落不明，或許還有其他受害者，你千萬要小心。』

「我明白了……謝啦。」

古城對優麻她們道謝以後就切斷了通話，無意識緊握在手中的手機發出嘎吱聲響。

「妳有聽見嗎，姬柊？」

「是的……不過，先不提拉．芙莉亞公主以及紗矢華，為什麼連凪沙都……？」

雪菜用生硬的語氣回答。

如果目的是要確保闇誓書啟動的能源，拉．芙莉亞及紗矢華被抓的理由就可以理解。因為在彩海學園校地內，她們倆皆為強大過人的靈力持有者。

然而凪沙並非如此。可是凪沙卻被抓了，對此古城感覺到有來自某人的惡意，簡直像若無其事地只將古城他們認識的人帶走。

古城就這樣起了疑心，隨後——

「呀啊啊啊啊啊啊啊啊啊——！」

城裡傳出了聲音。那是讓人感受到惡意與怨念的詭異慘叫。

「這聲音……！」

「凪沙！」

古城和雪菜短瞬交會目光，然後拔腿就衝。

凪沙的慘叫到現在仍持續著。聲音本身是凪沙的，可是蘊含在慘叫裡的異樣氣息感覺卻有某種非人般的執念。

「這是怎麼回事？」

跑著跑著，周圍的景象變了樣。古城察覺到這一點便停下腳步。

黑暗中浮現了荒廢至極的古老武士宅第。牆壁垮了，圍欄破了，庭院滿是雜草，應該已經幾十年沒有住人，完全遭到廢棄的房屋。

「井……？」

雪菜注意到廢屋庭院的古井，微微發出嘀咕。

井口旁坐著身穿和服的女孩。

將長髮束得像短髮的嬌小少女。是曉凪沙。

「一個盤子，兩個盤子……」

凪沙在黑暗中露出空洞的表情，不自然地動著手。她在數擺在腿上的盤子。

「呃……凪沙……？」

「妳在搞什麼啦？」

古城他們流露出疑惑的情緒，一邊呼喚凪沙。

凪沙緩緩抬起頭，還用意外明確的語氣回答他們：

「這還用問，我是幽靈啊。皿屋敷的幽靈，阿菊。」

「呃，所以我才問妳搞這些幹嘛？」

「你看嘛，因為我是幽靈啊。恨啊～～……」

凪沙說著便輕飄飄地浮到半空。仔細一看，她的身體隱約變得透明，透出了背後的景物。古城察覺後倒抽一口氣。

「這也是闇誓書的力量嗎……？」

「三個盤子、四個盤子……」

凪沙不回答古城的問題，又開始數起盤子。

現在的凪沙並不正常。透過與闇誓書融合的摩怪，她已經變成鬼屋的一部分了。

「欸，姬柊，皿屋敷幽靈是什麼樣的故事？」

又氣又急的古城皺著臉問。

「故事是有個女子蒙受冤枉——說她打破了十個寶貝盤子其中一個，就被服侍的主人殺害。後來，她的幽靈出現在棄屍滅跡的古井，據說會招來不幸，比如聽她數盤子數到第九個的人就會絕命。」

「絕命……？等等，這一點該不會也被重現了吧！」

雪菜的說明讓古城有股說不出的擔憂。既然凪沙實際變成了幽靈，即使皿屋敷幽靈的詛咒跟著重現也沒什麼好不可思議。

「我、我不清楚。不過，既然是闇誓書所為……」

「表示或許被重現了嗎——！」

雪菜生硬地點了頭。凪沙在這段期間仍繼續數著。

「五個盤子、六個盤子……」

在凪沙數完第九個之前，剩下三個。命運的時限刻刻逼近，古城呈現半恐慌狀態說：

「姬柊，妳快逃！」

「學長？」

「我不要緊，大概。反正我是吸血鬼。」

「那又不一定！對手是闇誓書啊！」

雪菜帶著快哭出來的表情回嘴。

吸血鬼真祖確實被形容為不死之身，但面對闇誓書的詛咒仍居下風。實際上，古城在過

去就曾被闇誓書奪走異能之力而險些喪命。

「就算這樣，我總不能放凪沙在這裡不管吧……！」

「可、可是！」

「七個盤子、八個盤子……」

當古城和雪菜持續爭論時，凪沙又數起其他盤子。擺在腿上的盤子只剩一個了。就在凪沙即將朝那個盤子伸出手的瞬間……

「唔！『雪霞狼』──！」

雪菜將古城推開，揮了手裡握著的長槍。

全金屬製的銀槍釋出耀眼的純白光芒。能令魔力無效化，並藉此斬除萬般結界的神格振動波光芒。

「嗚嗚……」

「凪沙！」

被純白閃光籠罩的凪沙失去浮力，掉了下來。古城趕在她摔到地上之前，用滑壘的方式驚險地接住她了。

之前凪沙變成幽靈的身軀已經恢復實體。她沒有穿彩海學園的制服，而是穿僧侶袈裟，

這大概是因為話劇演到一半就被摩怪帶過來。凪沙在西遊記裡飾演三藏法師。

「她……恢復了嗎？對喔，靠『雪霞狼』的魔力無效化能力……」

「是的。幸好能幫上忙。」

隨身帶著銀槍的雪菜安心地露出微笑。

雪菜的長槍能讓魔力無效化，對闇誓書也一樣有效。雪菜就是用這種能力將凪沙從闇誓書的支配解放出來。

「混帳……就算是試膽也玩過頭了吧！」

古城粗魯地捶向地面咕噥。

當成單純的鬼屋而看得太淺是他錯了，這座魔王城果然有危險。古城被冷汗濡濕全身，並咬牙作響。

接著，咯咯發笑的聲音不知從哪裡傳了過來——好似對古城恐懼的模樣感到滿意，充滿挖苦味道的笑聲。

4

古城他們決定擱下睡著的凪沙，直接前進，因為他們判斷這樣應該比胡亂挪動她來得安全。雪菜幫忙設了式神，只要屈沙狀況有異便可馬上得知。目前古城他們能做的僅此而已。

爬上被蠟燭照亮的昏暗樓梯後，古城他們抵達下一層樓。

那裡是由木頭樑柱支撐著的挑空房間——讓人聯想到城堡天守閣的和式空間。

「這層樓都沒有人嗎？」

古城環顧無人的室內嘀咕。

「學長！」

而雪菜擋住古城的去路，並且喊了出來。

隨後，落雷般的轟鳴聲響起，烈焰滿布室內。

「搞什麼……？這也算試膽的一環？」

古城把飛落的火花拍掉，還一邊發出驚呼。

暴力性質的呈現方式旨在激起恐懼，但火勢並沒有直接席捲古城他們。無害的機關只是要嚇唬來訪者而已。

於是從火焰中浮現的身影是率領眾多蝙蝠，身穿十二單衣的高個子女孩。將淡色素頭髮綁成馬尾，面容秀麗的少女。

「你總算來啦，曉古城！我可是快要等膩了！」

「紗矢華……？」

雪菜望著傲然俯視他們的紗矢華，困擾地蹙起眉頭。

跟剛才的凪沙一樣，紗矢華似乎也被闇誓書操控了。

「那是什麼妖怪？」

古城用露骨的生厭語氣問道。

雪菜盯著紗矢華觀察並說：

「我想是長壁姬。傳聞隱居在姬路城天守閣的妖怪，能隨意看透人心，占卜未來的命運。其真身據說是修得神通力的妖狐，也有人認為是邪神，另外還有說法稱她是率有八百匹眷屬的妖怪之長。」

「意外有派頭耶……就憑煌坂這德性。」

「憑我這德性是什麼意思！」

紗矢華聽見古城自言自語，就突然從十二單衣的袖口拔出劍。那是獅子王機關賦予紗矢華的愛劍──「煌華麟」。

「先告訴你，長壁姬可是曾經跟鼎鼎大名的宮本武藏會面，還賜了名刀鄉義弘給他喔，給我奉上多一點敬意！」

「是喔？」

古城露出佩服的表情，並且向雪菜確認。是的──雪菜點頭回答：

「似乎有留下這樣的傳說。只不過，長壁姬討厭人類，據說要是有城主以外的人擅闖住處，她會化為身長一丈的鬼神把人趕走。」

「身長一丈？」

「大約身高三公尺。」

「這樣啊……」

古城「啪」地輕輕拍了掌。因為他隱約搞懂與闇誓書同化的摩怪為何會選紗矢華扮長壁姬了。

「你為什麼聽到這裡就心服了嘛！」

古城不經意的反應讓紗矢華舉劍，大發雷霆。

紗矢華的身高媲美時尚模特兒，又有傲人身材，但她本身私底下很介意自己的個頭。長壁姬身長一丈的設定，似乎就刺激到她這樣的自卑情結。

「唔噢！慢著，這跟我無關吧！妳有意見就去跟摩怪抱怨！」

「少囉嗦！」

「姬、姬柊！拜託妳！」

古城拚了命逃離揮舞長劍的紗矢華身邊，一邊大聲呼救。

雪菜帶著好似不知所措的表情，緊握銀色長槍說：

「呃～～……對、對不起，紗矢華！」

「呀啊！」

被槍尾重毆的紗矢華發出可愛的慘叫聲昏厥過去。大概是闇誓書的效力中斷，紗矢華的服裝也變回平時的制服了。

「唉……混帳，這到底在搞什麼……」

跌倒在地上的古城一邊埋怨一邊起身。

「我們趕快走吧，學長。拉·芙莉亞公主應該也在附近。」

「說得對……但我總覺得只有不好的預感。」

古城借雪菜的手起身後，搖搖晃晃地朝下一層樓邁步。

連相對有常識的紗矢華被闇誓書控制都落得這種下場，原本就不具常識的那個黑心公主受了闇誓書的影響會變成什麼樣？光想像就覺得恐怖。

古城與雪菜戰戰兢兢地抵達下一層樓。

在那裡等著他們倆的是意想不到的光景。有無數野獸聚集成群。

「這……什麼狀況？」

「有、有貓耶！這是貓，學長。這些都是貓喔！好、好可愛……！」

雪菜忘記原本的目的，還露出燦爛笑容。燈籠的火光照出了占滿地面的大群貓咪。

雖說是貓咪，有好幾百隻聚集在一起，古城倒覺得可怕多於可愛，可是喜歡貓的雪菜似乎不特別介意，完全看得出她想摸那些貓咪而蠢蠢欲動。

而在那群貓的中央有個人影文靜地坐著。

全身被皮衣緊緊包覆，頭戴著貓耳的銀髮碧眼少女——是叶瀨夏音。

「叶瀨？連妳都被帶過來了嗎！」

夏音抬頭看向訝異地質疑的古城，宛如招財貓一般朝他舉起一隻手。接著，她看似有些害羞地微微偏過頭說：

「咪、咪嗚。」

「……咪嗚？」

古城不禁重複夏音這句話，還感到輕微目眩。她可愛得讓人覺得認真提防她簡直就是愚蠢。

「我說，妳這是在做什麼？」

古城不禁捂著嘴邊忍住鼻血，如此問了。

「我是妖怪，貓又。咪嗚？」

「這、這招好凶狠喔……」

雪菜懾服似的微微嘀咕。即使由身為同性朋友的雪菜來看，夏音變成貓又以後，惹人憐

愛的程度似乎還是有危險。

話雖如此，實際上夏音並沒有危害到古城他們。

就只是很可愛而已。

「總覺得像她這樣……放著不管也可以吧？」

「是啊。感覺跟平時做的事情沒有多大差別，而且又可愛。」

雪菜聽了古城不負責任的提議，沉重地表示同意。

「抱歉，叶瀨，晚點見。」

「咪嗚……」

夏音露出好似捨不得的表情朝古城和雪菜揮著手。古城他們對她堅強的態度感到不忍心，但仍撥開大群貓咪，爬到下一層樓。

從古城他們離開彩海學園過了五六個小時，時間已經是三更半夜。

這段期間，古城他們在黑暗中被捲入了各式各樣的麻煩，疲勞程度達到高峰。要保持警戒也差不多到了極限。

彷彿就是在觸動古城他們的神經，從黑暗中傳來了奇妙的樂音。民族風格的華麗旋律，與緊張感無緣的那種曲調反而令古城不安。

於是古城他們爬完樓梯便看見了豪華萬分的宴會景象。

「這次是怎樣……！」

古城對絢爛的黃金光芒瞇起眼，露出牙齒低呼。

壯觀舞台與豪華佳餚，穿著暴露的舞孃們配合現場伴奏展現出精湛舞蹈。這一幕實在太出乎意料，古城他們只能呆站在原地。

而且在舞台高處坐著身穿妖豔衣裳的少女。這場奢侈的宴會，只為一個人——是專門替她舉辦的。

少女察覺古城他們抵達，便將充滿氣質的美麗笑容轉向他們。

搭配華麗出眾的衣裳也絲毫不會遜色的威嚴與存在感。

某方面來說應該也理所當然，畢竟她是不折不扣的王室成員，甚或讓人喻為美神再世的北歐阿爾迪基亞公主。

「呵呵呵呵。我乃殷帝紂王寵妃，妲己，別號白面金毛九尾狐。」

銀髮碧眼的公主拉．芙莉亞．立赫班還沒被問到就十分配合地報上飾演的角色名稱。享受到這種程度，不免讓人懷疑她是否正利用闇誓書來自得其樂。

「學長，白面金毛九尾狐這種妖怪——」

「不熟歸不熟，但我曉得事情糟糕了。那種等級的妖怪不應該出現在試膽活動吧。」

古城有些為身懷超凡魅力的拉．芙莉亞傾倒，並一邊回話。

據傳九尾狐是以美女樣貌勾引君王，藉此傾覆了許多朝代的大妖怪，妲己則為其化身之一。看來這場盛宴似乎是配合以酒池肉林故事聞名的她所舉辦。

更讓人畏懼的是她的狡猾，還有傳說曾與八萬大軍交手的戰鬥能力。假如闇誓書完整重現了九尾狐的能力，目前拉・芙莉亞將是足以和第四真祖比擬的危險怪物，沒有空悠哉地觀望情況。

「——『雪霞狼』！」

以銀槍備戰的雪菜朝拉・芙莉亞直衝而去。

她的「雪霞狼」是能讓魔力無效的破魔長槍。無論闇誓書想發揮多大的影響力，「雪霞狼」都能令其全數消滅，將世界改寫回正常狀態。

縱使九尾狐再怎麼高強，也不是雪菜的對手——理應如此才對。但……

「嘿！」

拉・芙莉亞聲音雀躍地迅速揮了右手。

在她手裡握有上了刺刀（Bayonet）的鑲金手槍。其刺刀籠罩著青白色靈光，將雪菜的長槍彈開。

「什麼！」

勉強平安著地的雪菜一臉愕然地望向拉・芙莉亞。

銀髮公主的刺刀如今已化為刀長七八公尺的光之大劍。那是阿爾迪基亞王國自豪的極致對魔兵裝——匠英系統的擬造聖劍。

「拉．芙莉亞！妳其實是清醒的吧！」

古城指著公主大罵。

擬造聖劍是透過精靈爐抽出的純粹靈力聚合體，其靈能性質酷似「雪霞狼」的神格振動波，因此憑雪菜的長槍也無法消滅。

不過，能以血肉之軀駕馭擬造聖劍的，只有身為強大靈媒的阿爾迪基亞王室女子，況且擬造聖劍的靈波也能讓闇誓書的支配失效。換句話說，拉．芙莉亞能使用擬造聖劍，正是她神智清醒的鐵證。

儘管如此，拉．芙莉亞仍露出優雅笑容說：

「呵呵，你是指什麼呢？」

「別裝蒜！我們這邊可是被闇誓書耍得團團轉，都已經累得要命了啦！」

「古城，可是只有雪菜能與你一同試膽，實在不公平吧？」

拉．芙莉亞俏皮地擺出芳心不悅的表情看雪菜。

怪罪的矛頭突然指了過來，讓雪菜受驚似的睜大眼睛說：

「是、是我的錯嗎？」

「藉試膽之便，妳不是牽了古城的手，還抱到他身上嗎？」

「絕、絕無妳說的……那種事情……」

雪菜差點脫口反駁的台詞後繼無力地越變越小聲。

大概是心裡非常有數吧，她繃緊的太陽穴正冒出一絲絲汗水。基本上性情直率的雪菜並不擅長說謊。

「總、總之……！現在我要以實力服人！」

雪菜攤牌似的這麼說完，便再次持槍備戰。

「妳辦得到？」

拉．芙莉亞感興趣地笑了笑，並舉起燦爛耀眼的擬造聖劍。

古城有些恍惚地望著針鋒相對的兩人。他想設法阻止這種無謂的戰鬥，卻實在沒有自信能讓她們倆罷手。

畢竟雪菜的槍和公主的劍對魔族來說都是可稱作天敵的凶惡武器。縱使是吸血鬼真祖，胡亂介入這兩個人的戰鬥也難保不會立即喪命。

就算這樣，總不能放著她們倆不管。

當古城覺悟要拚上性命衝過去而吸氣時——

「咪嗚……」

有一陣小小的聲音從古城的背後傳來。叶瀨夏音捧著貓咪，趁古城訝異的空檔大膽地走向拉・芙莉亞她們面前。

「叶、叶瀨同學？」

「哎呀……？」

夏音冷不防闖進來，就連公主也驚訝得停下動作。

而夏音望著拉・芙莉亞，毫不畏懼地給予忠告。

「打架，是不可以的。大哥他們也都很困擾。」

「可是身為九尾狐，我接下來才要露一手——」

拉・芙莉亞瞇起和夏音十分相像的碧眼，鬧脾氣似的噘起嘴脣。

她們倆都是阿爾迪基亞的王室成員，在血緣上，夏音是拉・芙莉亞的阿姨。兩名少女應該都受了闇誓書操控，卻莫名其妙地彼此互瞪。

不過那也只有短短的一瞬。拉・芙莉亞爽快地退讓了。

「既然夏音這麼說，那就沒辦法了。這場試膽活動下次找機會再續吧。」

「是、是喔……」

得救了——古城捂了胸口。但是才放心沒多久，拉・芙莉亞就使壞似的微笑說：

「古城，你欠我一次喔。雪菜也是。」

「喂，真的假的……」

公主這句賣人情的話讓古城露出消沉的臉色。

竟然反過來利用被闇誓書操控的事實，逼人做出對自己有利的承諾，其交涉手腕讓古城不得不服。應該說，真不愧是阿爾迪基亞王室的外交負責人。話雖如此，託她性情不定的福才躲過一劫倒也是事實。

在扮演貓又的學妹以及扮演九尾狐的公主目送下，古城他們又前往下一樓。

漫長螺旋梯前方，可以看見滿月輝亮於中天。

終於抵達魔王城樓頂了。

「看來剛才那就是鬼屋的最後一場活動啦。」

古城鬆了口氣。從麗迪安的情報已經確認過，淺蔥人在樓頂。

淺蔥身為重要的人質，感覺摩怪不會讓她扮妖怪，剛才的拉．芙莉亞應該就是最後的難關。接下來只要帶回淺蔥，等摩怪被強制關機就好。

然而雪菜卻與放心的古城呈對比，愁顏不展地低垂著目光。

「是這樣嗎……？」

「姬柊？」

「不，拉．芙莉亞公主用了擬造聖劍讓我有點在意，因為我不覺得她能一邊對闇誓書供給魔力，一邊召喚高階精靈。」

「對喔……她用的那種擬造聖劍會將魔力消滅掉嘛……」

擬造聖劍為靈力聚合體，光是存在就會讓周圍的魔力消失。不管拉．芙莉亞身為靈媒有多優秀，要一邊召喚擬造聖劍一邊對闇誓書供給魔力，以原理來講並無可能。

何況紗矢華等人就算從闇誓書獲得解放，魔王城的存在也未受動搖。

這表示讓闇誓書運作的並不是拉．芙莉亞她們。

「既然這樣，應該有別人在供給闇誓書魔力才對。」

「妳說的別人……會是誰？意思是，還有比拉．芙莉亞她們更強大的魔力源嗎？」

古城困惑地搖頭。靠淺蔥一個人，當然不可能供給足以讓闇誓書運作的魔力。闇誓書在彩海學園啟動時，被當成魔力源利用的是古城。倘若如此，代表讓魔王城具現成形的人擁有的魔力可以匹敵第四真祖。

擁有如此強大力量的人，想來可不多──

古城感覺到不祥的心悸，與雪菜爬完樓梯。

大概是空間在某處遭到了扭曲，魔王城樓頂擺著理應位於地下的超級電腦複合體。從讓人聯想到漆黑石碑的主機本體如生物血管般蜿蜒伸出了電源粗纜線、冷卻管及其他數不清的配線。那些全是摩怪的本尊吧。

在五座石碑中心，可以看見淺蔥身穿制服沉眠的模樣。雖然她被軟禁在會讓人聯想到透明棺材的小小床鋪，總之人似乎還平安。

而且，樓頂還有另一個人——

「嗨，古城。真是美好的夜晚。」

「原……原來是你——！」

古城一看見迪米特列·瓦特拉穿著白色西裝露出微笑的身影，頓時伴隨高吼施放了自己的眷獸。

5

「我就覺得很多地方都不對勁！要說是摩怪獨自安排的，那些整人把戲卻老是針對我跟姬柊！」

古城喚出水銀色雙頭龍施展的攻擊被瓦特拉輕靈閃過。他嘴邊掛著不負責任的冷笑。

「呵呵……你在說什麼呢？我是無名的鬼屋接待員。我想想，你們就叫我蛇哥吧。」

瓦特拉以從容語氣答道。仔細一瞧，他還戴著似曾相識的金屬面具，只遮住眼睛周圍。

那似乎姑且算是喬裝。

「吵死了！反正我要你把淺蔥還來，瓦特拉！」

古城一邊粗魯地大吼，一邊想接近沉睡的淺蔥。

剎那間，古城腳邊的地板隨著龜裂崩落了。瓦特拉召喚的巨蛇眷獸好似要擋住古城的去路，在具現後詭異地露出獠牙。

「很遺憾，這我辦不到。」

瓦特拉優美地揚起嘴脣笑了。

「什麼！」

「想救她，你要先打倒我啊，古城。」

「這就是你的目的嗎……！為了跟我交手，玩這種愚蠢的花樣……」

古城傻眼至極地仰頭向天。

瓦特拉乃歐洲「戰王領域」的貴族，同時亦為知名的戰鬥狂。「舊世代」的吸血鬼對不死者特有的漫長人生已感厭倦，對他們而言，與強敵廝殺是僅剩不多的娛樂。

而且瓦特拉執意要找的玩伴不是別人，正是世界最強吸血鬼——第四真祖。

隸屬第一真祖的瓦特拉與古城交手，會有許多政治方面的問題，不過在這座魔王城裡就另當別論。他們可以打著試膽的名義盡情鬥毆。

瓦特拉就是基於如此無聊的理由才安排了這種蠢活動。

「藉由闇誓書之力，這個空間與外界完全隔絕。不用客氣，你大可盡情發威。接下來，是屬於我們的愛情表現（戰鬥）。」

瓦特拉大大地張開雙臂，以作戲般的口氣撂下話。

「別鬧了！」

古城瞪著隨意釋出魔力的瓦特拉，粗暴地吐氣。

「學長……！」

雪菜不安地望向古城焦躁的臉。

就算是在闇誓書支配的空間，如果古城與瓦特拉的魔力直接衝突，沒有人曉得會對外界造成何種影響。

而且淺蔥和凪沙等人還留在魔王城內。為了確保她們的人身安全，現在更不是在這裡開戰的時候。

「我曉得！我沒有打算奉陪那傢伙的嗜好！」

「是嗎……那就由我這邊先出手吧——『娑伽羅』！」

瓦特拉具現出的蛇之眷獸挾著驚人質量朝古城撲來。這般毫不留手的攻擊，難保不會將古城連同魔王城一塊壓垮。

「唔噢噢噢噢！」

「『雪霞狼』——！」

雪菜出槍保護高喊的古城，擋住瓦特拉的攻擊。純白的神格振動波光芒扳回巨大眷獸。

「姬柊！」

「學長！快趁現在救藍羽學姊！」

雪菜用缺乏餘裕的語氣叫了古城。

即使挨中「雪霞狼」直擊，瓦特拉的眷獸仍未消滅。眷獸的魔力濃密得匪夷所思，神格振動波無法完全抵銷。

即使如此，雪菜還是一步也不退地迎面擋下瓦特拉的眷獸。

「不愧是獅子王機關的劍巫……有一手。」

瓦特拉眼裡浮現歡喜。發出高笑聲的他左右兩旁浮現出新眷獸的身影。

「那麼，像這樣如何——『摩那斯』！『優鉢羅』！」

「——什麼！」

撼動大氣的兩條蛇影從天而降，讓雪菜臉色僵凝。即使靠雪菜與「雪霞狼」之力也才勉強跟瓦特拉的一頭眷獸鬥得平分秋色，要她再多對付兩頭眷獸是不可能的。

不過，蛇群尚未撲向雪菜，似乎就遭到擊落而各自墜下。

「迅即到來，『獅子之黃金(Regulus Aurum)』！『雙角之深緋(Alnas Minium)』——！」

古城喚出的兩頭眷獸阻止了瓦特拉的眷獸。雷光巨獅與緋色雙角獸（Bicorn）——超乎常軌的破壞性魔力聚合體不顧周圍損害，將瓦特拉的眷獸打趴。

「哈哈……不錯喔，古城，你總算有幹勁了。就是要這樣才對……！」

瓦特拉理應落於劣勢，卻愉悅地全身發抖笑了出來。接著他從虛空取出兩柄劍，還把其中一柄扔向古城。那是中世紀貴族之流用於決鬥的細刃單手劍。

「劍……？」

古城接住沉重的劍，感到一絲困惑。他摸不清瓦特拉的意圖。然而瓦特拉不管古城感到混亂，就俐落地抽出自己的劍。

「別以為吸血鬼之間交手，就只有用眷獸對轟——」

瓦特拉的身影被黃金色光芒籠罩，從古城眼前消失了。將魔族體能發揮到極限的超凡速度，古城沒能用眼睛看清。

「嘖！」

古城幾乎全憑直覺，連劍帶鞘地舉起武器防禦瓦特拉的攻擊。

金屬間鏗然相碰，在古城耳邊迸出火花。要是反應晚上一瞬，古城應該已經腦袋分家。

「你躲得掉我的劍啊，古城！」

瓦特拉望著被反作用力震開的古城，愉悅地眯起眼睛。

「縱使是不死身的吸血鬼，腦部被破壞要再生也需要相當時間。而在意識恢復之前，眷獸將失去掌控。跟勢均力敵的對手戰鬥，眷獸失控造成的破綻可是很要命的喔！」

瓦特拉開導似的細心說明，並毫不留情地連連出招。古城拚命地接連躲開那些殺招。他從最初就不覺得自己靠劍術敵得過瓦特拉。假動作與重心移動，有緩有急。古城靠籃球防守的要領，一心閃躲瓦特拉的追擊（Charge）。

古城意外善戰，讓瓦特拉笑逐顏開。

「你這不就逗樂我了嗎，古城！但你對眷獸操控分心嘍——『難陀』！『跋難陀』！」

好似在嘲弄拚命逃竄的古城，瓦特拉召喚了兩頭新眷獸。

灼熱火焰環繞全身的巨蛇，以及被無數刀刃所覆的鐵灰色巨蛇。相互交纏的兩條蛇融合轉變成雙頭的龐大眷獸。

他讓兩頭眷獸融合，創造出新的眷獸了。

「合成眷獸嗎！糟——！」

瓦特拉的蛇透過融合增強了魔力，將古城的那些眷獸一擊掃開。

而且趁古城分神的一瞬間空檔，瓦特拉消失蹤影了。

「學長！」

「太慢嘍——！」

古城對雪菜的尖叫做出反應，但是瓦特拉已經出劍朝古城的額頭直取而去。因為瓦特拉用聲勢驚人的合成眷獸當誘餌，鑽到了古城的死角。

僵直動不了的古城將被濃灰色劍刃刺穿頭部——

正當如此以為的瞬間，瓦特拉的劍就一聲不響地連根折斷。

同時，有槍砲轟向瓦特拉。黃金閃光穿進瓦特拉腳邊，引發牽連周圍的大爆炸。

「擬造空間切斷……還有咒式槍是嗎？」

瓦特拉認出這波突襲的玄虛，露出苦笑。

因為交戰餘波而讓瓦礫堆積如山的魔王城樓頂出現了新的人影。手持銀色長劍的紗矢華，還有舉起鑲金手槍瞄準的拉．芙莉亞。

「妳沒事吧，雪菜！還有曉古城，雖然真的無所謂啦，就順便關心一下——」

紗矢華趕到古城他們身邊問道。她的臉有些紅潤，或許是被闇誓書操控時的記憶還保留著的關係。

「紗矢華……？」

「還有拉．芙莉亞，妳們怎麼會來——！」

預期之外的救兵出現，古城他們同樣大吃一驚。溺愛雪菜的紗矢華也就罷了，透過闇誓書在鬼屋盡情玩樂的拉．芙莉亞感覺並沒有理由跟瓦特拉作對。

「你這樣會不會太過火了呢，奧爾迪亞魯公？」

然而，拉．芙莉亞避而不談自己的行為，還用冷靜無比的語氣怪罪瓦特拉。妳有臉說喔

——古城在內心嘀咕，但仍保持沉默。

「先不提我和紗矢華，連夏音和古城的妹妹，還有彩海學園的學生們都受到你的嗜好牽連，這就無法令人服氣了。」

「所以呢？倘若如此，妳們又想怎麼辦，公主殿下？」

「表示我即使出手幫助第四真祖，大義名分也會站在我們這邊。」

拉．芙莉亞靜靜地洋溢著微笑，並讓擬造聖劍具現成形。

紗矢華舉起長劍變形後的西洋弓瞄準。

瓦特拉露出凶猛笑容，雙眸染為深紅。狀況簡直一觸即發。

「哎，混帳！結果還是變成這樣！」

古城大感絕望並怨嘆。

原本還期待拉．芙莉亞她們出現可以收拾事態，形勢卻適得其反。在瓦特拉這個戰鬥狂看來，大概只覺得玩伴變多了。這樣下去，災情將一味擴大。

然而雪菜抬頭看向古城，微微地嫣然一笑。

「不，學長，試膽時間結束了。」

咦——古城還來不及反問，落雷般的閃光就染白了世界。

玻璃碎散般的聲音餘繞於被破的結界，魔王城隨之消滅。接著出現的則是具未來感的楔形高樓大廈——基石之門的本尊。

「闇誓書的效果消失了？伺服器被入侵了嗎……？」

瓦特拉帶著困惑的表情看向背後。

身為摩怪本尊的五座超級電腦目前仍留在樓頂。但是，其中一座的電源停擺了。難道麗迪安突破了沉睡的淺蔥的防護，成功強制關機了？古城如此感到疑問。

「錯了。」

而彷彿從虛空溶出身影的嬌小女子回答了古城等人的疑問。

來者身穿鑲滿荷葉邊的豪華禮服，明明是深夜卻打了陽傘，還有著人偶般的身形。

「那月美眉！」

古城忍不住叫了她的名字，下個瞬間，臉就挨中謎樣衝擊而往後仰。

南宮那月瞪著古城，似乎正透露出：別用「美眉」來稱呼老師。

「原來如此……是妳在搞鬼，『空隙魔女』。」

瓦特拉用好似小朋友被人拿走玩具的目光看向那月。

摩怪對優麻的空間移轉有所提防，就事先改寫了世界的法則，以免她使用操控空間的魔

法。然而，那樣的竄改對那月不管用。

因為那月才是闇誓書的正主。摩怪保有的闇誓書數據，單純只是根據那月的記憶重現出來的複製品。

「不過奇怪了。雖說妳本身不受影響，但人工智慧的防火牆是怎麼打破的？」

「與我無關。我不清楚那叫人工智慧還什麼名堂，反正就只是靠電腦將暗誓書重現出來而已吧？既然如此，只要切掉電腦的電源，闇誓書的效果就會消失才對。」

那月以絕情的口氣說道。她這番話反而讓古城等人啞口無言了。

「妳說切掉電源……難道是把插頭拔掉了！」

「用那麼粗暴的方式切掉，不是會對電腦造成負面影響嗎……」

「誰管他。要修復系統，藍羽會想辦法吧。」

面對古城和雪菜帶有責怪味道的質疑，那月彷彿事不關己地全推到一邊。

摩怪的本尊終究是維護管理絃神島都市機能的電腦，要是它壞了，應該會對市民的生活造成莫大損害——

「哎呀……剛才說到那個叫摩怪的玩意兒，是管理絃神島的五座電腦化身對吧。」

那月明知如此，還把目光轉到剩下仍在運作的四座電腦，然後……

「動手，亞絲塔露蒂。」

『命令領受——』

穿女僕裝守在那月背後的人工生命體少女硬是將電腦的供電纜線從另一頭拔下。雖然摩怪用了預備電源及不斷電電源裝置，想設法維持記憶體內容，但亞絲塔露蒂召喚巨大的人工眷獸，將那些摧毀得體無完膚。

淺蔥以防護性自豪的防火牆面對物理性攻擊也無用武之地。連外部記憶裝置都遭到破壞，摩怪便完全沉默下來。

「哎，差不多就這樣吧。」

那月確認過電腦機能停止以後，微微地哼了一聲。

接著，她傲然瞪向瓦特拉。

「剩下的就是處置你這個傢伙了，那麼，該如何才好呢——」

瓦特拉面對那月冷冷的視線，罕見地困擾似的挑了眉。

當然，只要瓦特拉拿出真本事，即使要跟在場所有人為敵，想逃掉應該也很容易。但如今闇誓書的結界已破，如果他跟那月交手，基石之門難免會受到損害。那麼一來，瓦特拉在絃神島的滯留許可就會被取消，並且被強制遣返「戰王領域」。對希望與古城再戰的瓦特拉來說，那應該是無論如何都希望避免的結局。

就算這樣，想必他也不會就這麼讓那月逮捕，負起令闇誓書失控的責任。

當古城等人吞口水等著看瓦特拉要如何應對時，他靜靜拿下遮著眼睛周圍的金屬面具。

「唔哇。這裡是哪裡？我之前都做了些什麼？」

他誇張地佯裝腳步不穩，並用照本宣科的語氣這麼說道。

瓦特拉的演技實在太刻意，使得古城等人連話都說不出來了。

「看來我似乎被闇誓書操控了，完全記不得自己做了什麼呢。所以也沒有責任能力。」

「唔……」

瓦特拉毫不慚愧地自說自話，讓古城愣著朝他看了一陣子。然後……

「騙誰啊啊啊啊啊啊——！」

古城以渾身力氣釋出雷擊，將瓦特拉的身影吞沒，並且染白絃神島的夜空。

萬惡魔導書「闇誓書」就這樣完全從世界上消失了。

6

結果，古城等人接近黎明時分才回到彩海學園。

因為他們要救淺蔥還要檢查及配合警方問案，有一大堆麻煩的手續要辦。

受到如此多的異象牽連，能這樣就了事反而可說是幸運。恐怕那月與拉．芙莉亞等人有暗中幫忙安排吧。

然而在古城等人回來以後，彩昂祭第二天的各種活動正等著他們。

結果，古城和雪菜絲毫未眠就被找去準備及幫忙那些活動，等一切都結束時，他們落得疲憊不堪又意識朦朧的下場。

忙來忙去，到了彩昂祭第二天結束後的夜晚——

古城和雪菜待在操場角落，茫然望著熊熊燃燒的營火。

「勉強算順利結束了呢。」

「是啊……」

坐在花圃邊的雪菜嘀咕，讓古城無力地微笑著吐氣。

特別架設於操場中央的舞台上，後夜祭的活動開始了。

比方徵選會的結果發表、配合現場演奏的土風舞，雖然只供有意願的人自由參加，不過似乎都滿熱鬧的。

然而，古城他們當然已經沒有剩餘的氣力和體力能奉陪那些活動。

即使如此，像這樣沉浸在節慶的餘韻裡，感覺倒也不壞。

「今年的彩昂祭實在夠累人的。」

「對呀。」

「謝謝妳嘍，姬柊。」

古城累得沒有餘裕多費心思，就直截了當地表示感謝。

被困在闇誓書的古城能獲得解放，還有從魔王城救出淺蔥，說來說去這次也受了雪菜不少照顧。假如沒有她幫忙，能不能平安回到彩海學園都難講，連一聲謝謝都不說應該是會遭天譴的。

而雪菜對古城如此溫順的態度有些驚訝，睜大眼睛說：

「不會，我也覺得很開心，畢竟我第一次體驗這麼熱鬧的文化祭。而且……還跟學、學長一起參加試膽活動……」

雪菜臉紅低下頭，用快要聽不見的音量喃喃補上最後一句。接著，她側眼瞄了瞄古城有什麼反應。

可是，古城早就沒在聽雪菜講話了。

因為有其他女同學趕在那之前朝古城破口大罵。

「啊，找到了！你在這種地方偷什麼懶，古城！收拾工作呢？」

「淺、淺蔥……？」

疑似倒完垃圾要回班上的淺蔥雙手扠腰，瞪向古城。

淺蔥會負責指揮收拾工作，是因為她在古城班上擔任校慶執行委員。

順帶一提，受困於闇誓書這段期間所發生的事情，淺蔥幾乎都不記得了。關於欠缺的記憶，闇誓書似乎都有幫她圓回來。

被破壞的校舍及教室內布置也在不知不覺中恢復原狀，連虛擬實境鬼屋用的幻術投映伺服器也是。多虧如此，古城他們班才能毫無窒礙地繼續推出文化祭的活動。

不過，摩怪受到蠻橫地強制關機的影響，目前正在維修中。因此淺蔥在鬼屋的營業時間結束之前，都必須片刻不離地操控幻術投映伺服器。弄到最後，今天一整天做了最多工作的其實是淺蔥。

因為這樣，古城在立場上也就很難違抗淺蔥的命令——

「等一下，我有把自己負責的部分處理好啊，海報也是剛才撕完的。」

「想得美喔。因為參加土風舞的人都跑了，人手根本不夠。假如你也要找人跳舞，我倒可以免去你的收拾工作。」

「呃，何苦叫我找人跳舞嘛……」

別強人所難了——古城聳聳肩。畢竟彩昂祭的土風舞，事實上就是專門提供給校內情侶檔參加的活動。

「啊，古城哥——！」

而跟優麻走在一起的凪沙看見古城，就大動作地揮了手。她晃著像小狗尾巴的頭髮，朝古城等人這邊趕過來。

「你不參加土風舞嗎，古城？」

被凪沙牽著的優麻親切地微笑，如此問了古城。

古城理所當然似的慵懶地搖頭說：

「呃，我不用啦，反正今天已經累了。」

凪沙瞪了哥哥，不悅地揚起眉毛。

「古城哥，你又說這種話。參加有點心可以領耶。再說，這種活動是在表達平日的感謝之意啊，對不對？」

「咦？啊，是的。」

「或、或許也對喔。」

凪沙忽然向雪菜和淺蔥尋求同意，兩人就含糊地點了頭。

嗯、嗯——凪沙滿意地點著頭說：

「還有調查結果指出，在彩昂祭後夜祭跳過土風舞的情侶，有極高機率在將來修成正果，『幸福地結婚』喔。」

「……！」

剎那間，雪菜和淺蔥倒抽了一口氣。她們倆周圍的氣氛變了——感覺變了。

「哦……古城，所以你要跟哪一邊跳呢？」

優麻嘻嘻含笑問道。

「什麼哪一邊……咦？」

原來跳舞已經變成既定事項啦？古城愣了一愣。

待在旁邊的雪菜和淺蔥的視線朝古城的臉龐刺了過來。

古城不明白她們倆為什麼會突然這麼有興致跳舞，難道是想要分發給參加者的點心嗎？

他夾雜著困惑的情緒如此思索。

總之兩人的詭異氣勢讓古城莫名其妙地懷著被逼急的心情，流下冷汗說：

「呃，假如不管怎樣都要跳，我會找凪沙去跳啦。」

古城說著就立刻指了妹妹。凪沙突然被點名，眨了眨眼睛。

雪菜和淺蔥則看向古城，表情彷彿在說：你這妹控。

然而，凪沙卻帶著好像並不排斥的態度呵呵笑著表示：

「對不起喔，古城哥，人家講好要跟小優跳了。」

「什、什麼……！」

「抱歉嘍，古城。我們待會兒見。」

優麻使壞似的揮手，並帶凪沙離去。

結果，古城身邊只剩瀰漫著謎樣急迫感的雪菜和淺蔥。由於凪沙多嘴講了那些話，兩人之間流動著彷彿在相互牽制的緊繃氣氛。

古城悄悄挪身，想趁事情變更複雜以前先離開現場，就在隨後——

「哎呀，這不是古城嗎？呵呵，真巧。」

從他們背後傳來了充滿優雅氣質的動聽嗓音。看似十分享受彩昂祭的拉．芙莉亞帶著擔任護衛的紗矢華，正好於此時走了過來。

然後公主似乎立刻就從雪菜與淺蔥之間流過的微妙氣氛察覺了情況。呵呵——她愉快地微笑，然後動作熟練地將手伸到古城面前。

「在這裡遇見也是有緣——所以嘍，能不能請你陪我跳一支舞？」

「咦……？」

「公、公主？」

古城一瞬間對拉．芙莉亞的提議愣住了，但是紗矢華動搖得更厲害。挺身要保護公主的她擋到古城面前說：

「不可以！這樣很危險！要是跟這種邊走路邊散播性慾的男人牽了手，會因為接觸感染

懷孕的！」

「哪有可能啊！妳把我當成什麼樣的生物了！」

紗矢華的遷怒之詞實在太離譜，使得古城氣得翻眼逼近紗矢華。

哎呀——銀髮公主有些困擾地微微偏過頭說：

「是這樣嗎？那麼，妳能不能先跟古城跳支舞確認安全，紗矢華？」

「咦！要、要我跟他跳嗎……？」

紗矢華和古城相望以後，臉頰就爆紅了。接著她露出格外認真的表情說：

「既然公主開了金口要求，不得已嘍。因、因為這是任務。」

「所以叫我上場跳舞這件事是怎麼敲定的啦！」

「——真是太好了呢，學長。有舞伴願意陪你。」

雪菜側眼瞪著抗議的古城，還用不帶感情的嗓音告訴他。

於是紗矢華發現了雪菜的存在，才嚇到般抖著肩膀辯解：

「不、不是的，雪菜。為了保護大家不受這頭禽獸危害，只好有人犧牲……」

「別鬧了。為什麼跳個土風舞，我就非得被講成這樣！」

「不，我並沒有介意。因為我單純只是監視者。」

雪菜看古城他們連反駁都這麼合拍，便靜靜地嘆息。明明我才是監視者——她莫名不滿地鼓起了腮幫子。

「然後呢，結果你想怎麼辦？」

淺蔥瞪著古城問。雖然她打趣似的微笑，眼神卻沒有笑意。這什麼情況啦——古城被逼得走投無路，就說了：

「呃～～……啊啊！那裡有落魄武士的幽靈！」

「什、什麼？」

「落魄武士……？」

淺蔥和雪菜驚訝地回頭看了古城指的方向。趁這段空檔，古城往學校外面落荒而逃了。

「啊，等一下，古城！欸，你等等啦！」

「學長！」

古城聽著雪菜她們在背後大罵，頭也不回地跑。但……

「——大哥？」

「唔哇！」

後來跑不到幾步，古城就差點撞上出現在眼前的銀髮少女，還連累她一起跌倒。

古城為了不讓少女——夏音受傷，便立刻挺身護著她，結果卻誤打誤撞把自己的臉埋進她的胸口。夏音輕輕抱起古城問：

「那、那個，大哥？你沒事吧？」

「曉古城！你、你這禽獸！」

「原來如此。這就是接觸感染嗎？」

「都在搞些什麼嘛，我說你喔……」

「學長……你好下流！」

「慢、慢著，妳們搞錯了。剛才那只是單純的意外——」

少女們的怒罵與古城拚命辯解的聲音迴盪在「魔族特區」的夜空。

這是世界最強吸血鬼第四真祖短暫和平的時光所發生的故事——

Episode "Day And Night"

——The End.

「契合度測驗」

這是開始放暑假不久前發生的事情。

準備回家的曉古城忽然被淺蔥叫住。

「欸，古城，讓我算個命好嗎？」

「算命？」

「嗯。我用占星術的演算法和魔族特區的資料庫，寫了可以幫人算出『命中註定的伴侶』的程式。」

「……命中註定的伴侶是嗎？」

古城望著淺蔥遞過來的平板電腦，挖苦似的吐了口氣。

被稱為摩怪的人工智慧化身在畫面上咯咯發笑。

「回答這些問題就行了嗎？」

「正是如此。麻煩你嘍。」

「要填的項目有夠多的耶……」

古城表露不滿，花了二十分鐘左右答題。接著——

「這樣就行了嗎？測驗結果出來嘍。」

「嗯，我看看。呃～～『曉古城先生命中註定的伴侶既冷靜又正經，是個隨身攜帶金屬製長槍，時時都監視著你，具有跟蹤狂特質，年紀比你小的女性』……」

「什麼鬼啊，聽起來好矛盾。」

古城傻眼地嘀咕著苦笑。

「奇怪了，會不會是程式有錯？」

「八成是。正常來想，怎麼可能有這種莫名其妙的女生嘛。」

「說得也對。是哪裡弄錯了啊？」

淺蔥嘔氣似的鼓起腮幫子，然後抱頭苦惱。

摩怪又愉快地咯咯笑了。

這是在開始放暑假不久前——

曉古城與姬柊雪菜相識的一個月前所發生的事情。

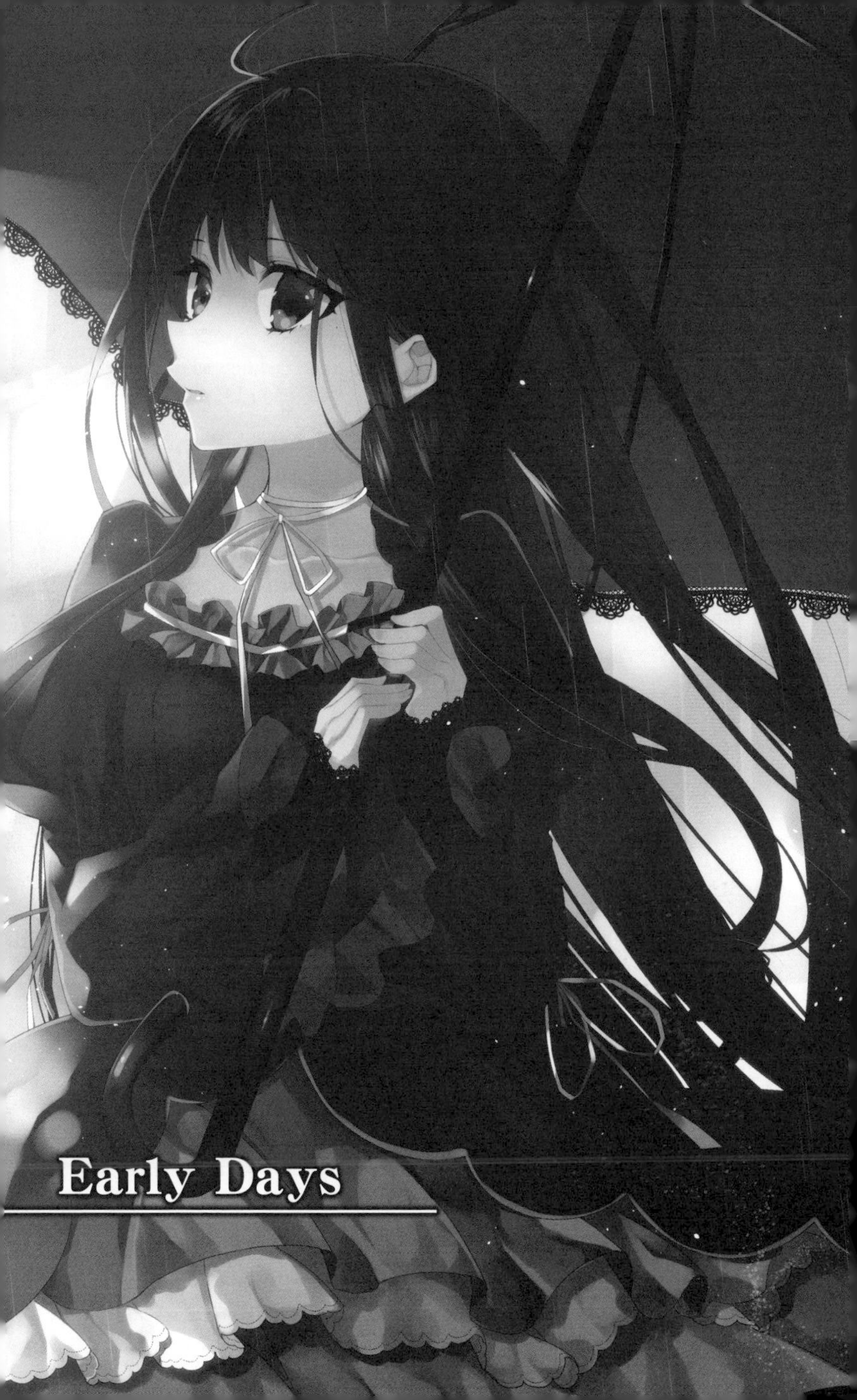
Early Days

黑暗中有光舞動。

那陣光芒的真面目，是從虛空射出的細細鎖鏈。澄淨得好似結凍的夜空底下，每當銀鏈劃出優美的軌跡，庭園裡便有某處鮮血四濺，並傳出恐懼與痛苦的哀號。

地點是建於沿海城鎮郊外的豪宅後庭。

富麗堂皇的白色建築物，然而地方上的良善居民絕不會接近那裡，因為屋主是廣為所知的魔導犯罪結社幹部。

唯獨在那天晚上，狀況不一樣。從屋裡衝出來的男子們全都殺氣騰騰地警戒四周，散發出威嚇的氣息。他們大多以槍械為武裝，還有變身過的獸人混在裡頭。那是在對付不請自來的入侵者。

彷彿在嘲笑那些人，無數銀鏈從意想不到的方向撒落，接連撂倒男子們。

「──到庭院的人馬居然全被解決了？」

禿頭男子穿著一身鮮豔俗氣的西裝，露出長長的犬齒大吼。

他召集到屋裡的手下有四十多人，個個都是以凶狠打響名聲的好戰魔族。

可是，他們有半數以上都已遭到無力化，透過一名身分不明的入侵者之手。

「人在哪裡！臭傢伙，從什麼地方進來的！」

男子咬牙作響。為了防止敵對組織襲擊，他這棟房子戒備森嚴的程度可比軍事據點。而襲擊者輕易地鑽過監視網進入屋裡，把男子逼到絕路。

男子所在的房間入口冒出了「唔哇」的模糊慘叫。

在吐血倒地的部下背後可以看見一身黑的嬌小人影。

「開槍！開槍斃了那傢伙！」

男子毫不猶豫地朝旁邊的那些護衛下令。多把衝鋒槍轟然開火，無數子彈射出，連同周圍的我方與嬌小來襲者都被子彈灑中。

槍擊一直持續到彈藥用盡為止。房門碎散，淋到彈雨的部下全身已變成零散肉片。

「幹掉了嗎？」

男子對瀰漫的血味板起臉，並笑了出來。來襲者大概是想把他的部下當肉盾吧，倘若如此，如意算盤可就打錯了。來襲者伸手再快，也絕對逃不掉無差別灑落的槍林彈雨。對方跑不掉——理應如此才對。

「老、老大！只找到自己人的屍體……！」

「啥……！」

原本想確認來襲者屍體的部下說了一句話，讓男子的笑容隨之凍結。就在隨後，從意外

方向射出的銀鏈打倒了正在翻找屍體的那些人。

用銀鏈的高手——理應喪命的嬌小來襲者正悠然站在房裡陳列的女神像腳下。身高不滿一百四十公分的嬌小女孩，穿著黑色皮製大衣以及同樣以黑色皮革製成的短褲。

有幾名部下反射性把槍口對著她。然而在他們扣下扳機之前，女孩就再度消失身影，現場只剩漣漪般的虛空震波。

「居然是空間操控魔法……！」

男子猙獰地露出獠牙。鮮血從他全身像霧一般噴出，然後那些血化成巨大猛獸的身形。那是頭赤熱的鋼鐵棕熊，吸血鬼畜養於自身血中的眷屬之獸——亦即眷獸。

「不用怕，都給我鎮定下來！空間移轉那種高階魔法用也用不了幾回！下次那傢伙現身的瞬間，就等著吃我的眷獸！」

男子吊起滿布血絲的眼睛睥睨四周。

既然來襲者會用空間移轉，也難怪屋內的森嚴警戒網會被輕易突破。但是，空間操控系的魔法難度甚高，魔力消耗之劇也為人所知。要連續動用那種高階魔法，連一流魔導技師也不可能辦到。

「老大……！」

有個部下注意到來襲者好似從虛空溶出身影，便以緊繃的聲音叫道。

「在那裡是嗎——！」

男子瞪向部下所指的方向，射出自己的眷獸。赤熱棕熊的突擊將屋內牆壁撞得碎散，遭受牽連的幾名部下被火焰捲入而發出哀號。

眷獸已散播了匹敵戰車砲直擊的破壞景象，卻沒有停止攻擊。

鋼鐵棕熊將厚實石牆、昂貴家具、部下們的屍體都化成灰燼，還一邊耀武揚威似的發出咆吼。

「哈，變成黑炭啦？別以為我跟舒巴那種沒用的貨色一樣。」

男子表露出些許安心，臉上浮現刻薄的笑容。然而，那副笑容隨即變成驚愕之相，因為他發現銀鏈纏住他那頭眷獸全身上下，封鎖住行動。

「這就是『血天平（Equilibrium）』的大幹部，伍德·赫斯利希用的眷獸嗎？」

男子背後傳來聲音。有些咬字不清的年幼說話聲。男子回頭就看見滿布屋內的銀鏈上站著嬌小的來襲者。

「弱。而且醜陋。」

在女孩的說話聲結束前，銀鏈便貫穿男子的手腕。即使憑男子身為魔族的腕力也扯不斷那條鎖鏈，他那一邊發出高熱一邊掙扎的眷獸同樣逃不出銀鏈的束縛。難以置信的堅韌度。

「……這是……眾神鍛造的規戒之鎖（Læðingr）……！」

連吸血鬼眷獸都能捆住的銀色鎖鍊。男子——伍德・赫斯利希察覺其真面目，嘴唇因而扭曲。

「我懂了，原來都是妳……！戈爾茲還有艾托巴哈的分舵都是妳抄掉的吧，魔族殺手『空隙魔女』！」

「回答我一句，赫斯利希。」

被稱作魔女的嬌小來襲者面色不改，冷冷地看向男子。

屋內沒有其他會動的人影。赫斯利希的部下幾乎都被她打倒，剩下的人早就逃出房屋。一夜之間，歐洲最大的魔導犯罪結社「血天平」就被穿黑色大衣的來襲者抄掉一個分舵。

「『貪圖者(Ammut)』——你們的頭頭(Boss)人在哪裡？」

魔女從虛空射出銀鏈，將赫斯利希的喉嚨纏住。縱使是以傑出痊癒能力為豪的吸血鬼，一旦首級落地也實在沒得救。

明知如此，赫斯利希卻嘲弄似的抬頭看著來襲者，並笑了出來。

「誰曉得，臭小鬼。妳下地獄去吧！」

話還沒說完，赫斯利希的全身就扭曲得不成人樣。膨脹的肉體從內側爆開，沸騰的血液隨異臭飄散。自己讓魔力失控的他自爆了。

穿黑衣的來襲者低頭看著曾是犯罪結社幹部的男子殘骸，嘆了氣。

她拖著過度動用魔力而消耗甚劇的身體，消失在夜色之中。被月光照亮的銀色夜霧緩緩蓋過了她那孤獨的背影。

1

「那月——」

淺寐之間傳來了說話聲。尚未變聲的稚嫩少年嗓音，回憶中的懷念聲音。

「欸，那月，偶爾陪我一起玩嘛。我好無聊。」

小兩歲的弟弟烏溜溜的大眼睛閃亮亮，仰望著她的臉。而她朝旁邊瞥了弟弟一眼，就嫌煩似的揮了手說：囉嗦。溫柔面孔；親切的笑容。弟弟身上具備自己欠缺的優點，讓她有些看不慣。

「我正在處理麻煩的魔法運算，你別來打擾。」

姊姊刻薄的對待讓弟弟露出一絲難過之色。即使如此，他仍不氣餒地回自己房間拿了學校教科書過來。

「要不然，那月，妳也教我讀書嘛，我不會這個問題。」

「別用這種口氣稱呼親姊姊。叫我大姊，都講過好幾次了吧。」

她拿手邊的扇子粗魯地敲在無邪地笑著的弟弟額頭上。

「好痛喔，那月……」

弟弟淚汪汪的臉多少有激起罪惡感，她微微嘆了氣。

讓我看看——她接下弟弟的教科書，望著他所指的問題。

從窗戶射進來的柔和夕陽溫柔地照亮了寬廣的客廳。父親一如往常在暖爐前面攤開書本，廚房傳來母親做的濃湯香味。

「那月——」

弟弟又呼喚她的名字。那道聲音逐漸變得遙遠。

夕陽在不知不覺中變成血色，暖爐的火焰延燒籠罩了整棟房屋。

她朝消失在火焰中的弟弟拚命伸出手。

「阿……廣……」

於是，南宮那月醒過來了。

「夢……不對，病理性重現（Flashback）嗎？」

那月靠向寬廣沙發的扶手，微微搖頭。

她並沒有作夢。身為魔女的那月不會作夢。因為那月在這裡的肉體本來就是她真身的夢境一部分。

因此，剛才看見的景象並不是夢，只是在心思稍微鬆懈的瞬間讓過去的記憶復甦了而已。存在於佚失回憶裡的風景。

「妳醒了嗎，那月？」

傳來的是含著微笑的溫柔嗓音。

坐在輪椅上的銀髮少女擔心似的瞇起翠綠色眼睛。年齡差不多是十七八歲，氣質一看就讓人覺得是良家千金，面容空靈有英氣的女孩。

「費歐瑞菈．布雷德……這樣啊，是妳的手下把我帶回來的嗎？」

那月回望輪椅少女，懶洋洋地嘆了氣。

那月昨天將犯罪結社「血天平」的下部組織之一抄掉。後來，那月因為魔力使用過度倒在路上，應該就被費歐瑞菈的部下發現，帶回屋子裡。這也表示，這名輪椅少女同樣處於跟「血天平」敵對的立場。

「妳太逞強了，那月。就算是妳，居然會一個人跑去制壓伍德．赫斯利希的據點。對方可是『血天平』六大幹部之一喔。」

「我不記得自己有拜託妳幫忙。」

費歐瑞菈關心的話語被那月冷冷地撇一邊去。

「妳應該也曉得，我不會死，就算這副身軀變得七零八落也不會。」

「就算這樣，並不代表妳不會覺得痛、靈魂也不會受傷害吧？」

費歐瑞菈以彷彿在勸導不懂事的孩子的語氣說道。

「而且靈魂一旦磨耗殆盡，妳就會墜入深淵。」

「這是魔女的宿命。妳不想被連累，就別再跟我有牽連。」

那月單方面這麼說完就撇開臉不看費歐瑞菈。

費歐瑞菈．布雷德是在歐洲洛坦陵奇亞擁有好幾間企業的名家獨生女。

數年前遭到「血天平」襲擊的她失去了父母與祖父，而她本身也受了瀕死的重傷。即使如此，她仍設法活了下來，還保護遭遇相似的那月，並在活動資金及情報收集上提供方便。因為那也能構成費歐瑞菈本身對「血天平」的復仇。

然而，這也表示她會與歐洲最大的犯罪結社為敵。考慮到費歐瑞菈的安全，那月應該盡早和她訣別才是。

「妳需要的是休息喔，那月。莉莉，麻煩妳準備茶。」

費歐瑞菈無視那月心中的糾葛，朝背後的侍女喚道。

「是的，小姐。」

名叫莉莉的高個兒侍女手腳俐落地開始準備紅茶。她的年紀是二十出頭。這名待人冷漠的侍女很少笑，但她泡的紅茶卻是極品。

那月對芬芳如花的紅茶香感到不捨，起身背對莉莉她們。準備要走出房間的那月忽然停下動作。她注意到環繞在自己腳邊的陌生裙子了。

「慢著，莉莉・齊勒，這套衣服是怎麼回事？」

那月身上穿了鑲有無數荷葉邊及蕾絲的豪華長裙禮服，取代原本染有血味及煙硝味的皮革大衣。嬌小的那月穿起來就像洋娃娃一樣。如此少女品味的華美服飾，當然並不是那月的喜好。

「很適合妳喔，那月小姐。」

莉莉望著害羞得臉紅的那月，和氣地微笑。

「別鬧了！這種衣服誰敢穿！」

那月用高八度的嗓音大叫。於是，費歐瑞菈彷彿早有遠見，就用責備似的目光仰望著莉莉說：

「看吧，果然沒錯。不就跟妳說了嗎，莉莉？圓點圖樣比酒紅色禮服更合那月的喜好，我想緞帶也要大一點才適合她。」

「萬分抱歉。是我不察。」

高個兒侍女遺憾地正色垂下目光，那月就齜牙咧嘴地表示：錯，不是那樣。

「誰在跟妳們談喜惡的問題！我是說穿這身輕飄飄的禮服沒辦法戰鬥！」

「妳又沒有要跟人扭打，並不構成問題吧。再說很可愛。」

費歐瑞菈冷冷地駁斥那月的反駁。是啊——莉莉也點頭附和：

「再說，這並不是普通禮服。」

「……什麼？」

「縫製全出於一流裁縫的手工，料子還奢侈地用上天然絲織成的天鵝絨與薄紗，款式則是請到了米蘭的黛莉達·貝爾提尼女士親手操刀。」

「原來並不是防彈或防刃啊……」

是期待過一瞬的我太傻——那月抱頭懊惱。雖然扯來扯去談了一大串，簡單來說就是稍微貴一些的尋常禮服。

乏力而錯失機會離開屋子的那月面前，有剛泡好的紅茶還有三層糕點架送來。那月有些自暴自棄地啃起架上的水果，還順便塞了好幾顆馬卡龍到嘴裡。

接著那月啜飲一口紅茶，便訝異地瞠目。

「……真是美味。」

「謝謝妳誇獎。我用帶有紓解身心效果的薰衣草添增香味，茶點則是同樣用了薰衣草花蜜的餅乾，還有從日本郵購的京都落雁，請與這邊的優格奶油一同享用。」

那月懾服於突然變多話的莉莉，又把茶杯送到嘴邊，然後才重新轉向費歐瑞菈。

「……那幫人的動向呢？」

「表面上是沒有大動作，但組織內部似乎相當混亂。因為妳殺的赫斯利希在『血天平』六大幹部中，算是實力僅次於凱伊．舒巴的人物。」

費歐瑞菈不改表情地回答。

「『老將』凱伊．舒巴嗎……」

那月臉色鐵青。凱伊．舒巴在「血天平」六大幹部中資歷最老，更是以凶惡受到畏懼的好戰派獸人。而且他還是心思細膩的狡猾策士，據說總帥「貪圖者」唯一信賴的部下就是他。對想殲滅「血天平」的那月來說，對方是會成為最大障礙的頭痛敵人。

「跟赫斯利希勾結的政客及官僚從昨天就陸續遭到逮捕了。警方似乎想趁這個機會一舉削減組織的影響力呢。」

「最好事情會那麼順利。」

是啊——費歐瑞菈對那月揶揄般的嘀咕表示附和。

「無論赫斯利希那些六大幹部有多傲人的武力，他們終究是用過即丟的士兵，真正支撐

著組織的還是總帥『貪圖者』的政治力與財力。不打倒此人，就無法消滅『血天平』。」

「問題是，『貪圖者』的藏身處在哪？」

「肯定在洛坦陵奇亞國內。可是，進一步的情報仍然什麼也查不到。」

費歐瑞菈不甘心地咬起嘴脣。布雷德家不只擁有自家情報網，在警方及歐洲各國的情報機關也有強大人脈，但即使動用那一切的力量，要查明「貪圖者」這號人物的真面目似乎仍非易事。

「既然連布雷德家的情報網也查不出來，就表示任誰去查都是白費力氣。看來還是只能從凱伊・舒巴那裡問出他的下落。」

彷彿在替消沉的輪椅少女打氣，那月自信地笑了出來。

警覺的費歐瑞菈害怕似的抬起臉。

「但是那月，那實在太危險了。凱伊・舒巴掌管四百名以上的魔族，是『血天平』最大派系的首領。聽說他本身也是凶暴的魔族，就算是妳，憑一己之力也——」

「可是六大幹部只剩凱伊・舒巴還活著，只有那傢伙肯定曉得『貪圖者』的藏身處。」

「或許確實是這樣吧……」

「放心吧。我又沒說要從正面殺進去他的老巢，畢竟消耗的魔力也還沒恢復。」

那月回望仍顯得不安的費歐瑞菈，並聳了聳肩。

而費歐瑞菈似乎在推敲那月真正的用意，默默地瞇起眼睛一會兒，不久便認輸似的微微搖頭嘆息。

「凱伊．舒巴的根據地在王都薩利安的舊市區。他在市區中心蓋了豪宅，但這陣子都沒現出蹤影。我猜是因為其他大幹部被殺，他就找了地方躲起來。」

「是嗎？那找當地的情報商似乎比較快。」

那月不怎麼失望地嘀咕了一句。布雷德家帶來的情報固然正確，但是以機敏這一點來說是非法情報商較有利。就算可信度相形見絀，要弄到最新的情報，那月只得親自前往薩利安接觸那些人。

「在緊要關頭幫不上妳的忙，對不起。」

「別介意。重要的是替我備車，還有準備衣服給我換。」

那月用馬虎的口氣告訴沮喪地垂下肩膀的費歐瑞菈。

輪椅少女有些愉悅地揚起嘴角說：

「妳聽見了吧，莉莉，幫那月把圓點花樣的禮服拿出來給她。」

「謹從小姐吩咐。」

「別聽她的！我是叫妳們準備普通一點的衣服，不是禮服！穿成這種醒目的模樣怎麼能追查犯罪組織！」

嗯——費歐瑞菈望著猛然抗議的那月，微微偏了頭。

「換句話說，妳是要我們準備日本女忍者的服裝吧。莉莉？」

「是的。想到或許有這種需求，我這裡也準備了女忍者的裝備。」

「妳們為什麼覺得我會穿那種東西！」

那月豎起眉毛大叫。咦咦——費歐瑞菈誇張地嚇了一跳。

「怎麼會……居然不中意忍者的服裝……」

「小姐，聽說日本的女忍者在以前為了隱藏身分，會扮成巫女浪跡諸國。像這種全身黑的忍者裝，其實是後世的創作。」

莉莉用正經八百的語氣解釋，費歐瑞菈就會意似的「啪」地拍了掌。

「原、原來如此。這表示，那月是在要求穿巫女裝嘍！」

「沒有！我是叫妳拿普通的衣服出來！」

「請放心吧。想到可能有這種需求，我這裡也準備了日本的巫女裝——」

就像變魔法一樣，莉莉不知從哪裡拿出了白衣與褲裙。

「誰會穿啊！」

嬌小魔女的尖叫淒涼地響遍廣闊的房屋之中。

2

薩利安在歐洲是少數擁有近千年歷史的大城市，同時也是洛坦陵奇亞的聖地之一，許多祭祀聖人的寺院及聖堂都因為朝聖者及觀光客眾多而相當熱鬧。

然而，有許多歷史性建築的繁華薩利安市區正籠罩著凝重無比的氣氛。市區到處有武裝的警官巡邏，街道上設了好幾重盤問的崗哨。他們在防範犯罪結社之間的火拚。「血天平」大幹部遇害的消息應該早就傳開了。

「我要查驗駕照還有護照。」

那月搭乘的老舊小客車被顯得緊張的年輕警官在市區入口攔下。

坐在駕駛座的日本中年男子則把駕照與兩人份的護照遞給警官。

護照是偽造出來的，所幸警官並沒有察覺。那月事先施了魔法，好讓對方錯認證件無異狀。

「你們來薩利安有何貴事？」

「呃……也沒什麼……」

面對警官的問題，中年男子回以含糊的答覆，表情像是連他自己也不曉得為什麼要到薩利安。

「——我要去探望奶奶。聽說她一直在醫院睡覺。」

坐在後座的那月回答皺眉的警官，氣質就像努力故作成熟的年幼少女，還不忘對警官擺出從容表情。

「這樣啊。」

警官的表情稍稍放鬆了。他蹲下來配合那月的視線高度，和氣地投以微笑。大概是莉莉準備的少女品味禮服有效果，警官並沒有對那月起疑心的跡象，應該是把她當成了恰似外表的年幼女孩。

「希望妳的奶奶能早點好起來。」

「嗯。」

那月露出無邪的笑容點頭，可愛地朝警官揮了揮手。

中年男子收下還回來的駕照及護照，便開車離去。

之後那月又朝警官揮手揮了一陣子，不久對方身影看不見了，她就說著「傷腦筋」慵懶地嘆氣。不習慣還對人賣乖，使她感到強烈的疲倦與自我厭惡。

當汽車接近市區中心，那月就下令要扮演父親的男子停車。她打開門，獨自走下人行道，然後解除對男子的催眠。

「承蒙關照，你可以走了。」

「啊、啊啊……？」

恢復神智的男子露出「自己怎麼會在這種地方」的納悶表情，朝周圍看了一圈。即使如此，後來他大概是自己妥協了，疑惑歸疑惑，還是將車子緩緩開走。

「那麼，照費歐瑞菈所說，應該是在這一帶……」

那月都沒有目送男子就環顧市區的建築物。她靠著街上的導覽標誌尋找布雷德家情報部告知的酒館，聽說那裡有可信任的情報商。

而一聲突然的槍響讓那月停下腳步。打破酒館窗戶射出來的子彈掠過那月眼前飛去。

「琥珀金彈頭（Electrum Tip）……！」

那月望著穿進巷道牆壁的子彈，無意識地撇嘴。散發靈氣的金色子彈經過聖別，是專門用於對付魔族的特殊彈頭。

在反射性備戰的那月眼前，酒館的門粗魯地打開了。從中滾出來的人是個穿直條紋西裝的年輕男子，金色長髮在背後綁成一束，敞開的領口前面有條珠光寶氣的項鍊。長相倒也可以算美形，不過要說的話，給人的印象更像是上不了檯面的小混混。

「躲個屁，你這臭吸血鬼（Suck）！」

有個年輕女子拿手槍從店裡追著男子衝了出來。年紀大概二十過半，暴露的服裝強調出豐滿胸脯，腰身纖細。這個人也是頗有姿色的美女，然而鬼氣逼人的發飆臉孔糟蹋了一切。

「慢著慢著，別開槍！反對暴力！被那種東西射到不就痛死人了！哎，剛訂做的西裝都染上痕漬了……！」

金髮吸血鬼一屁股跌在石板道上，淚汪汪地大叫。

而女子就用槍口對著青年的眉心說：

「少囉嗦，給我閉嘴！之前我應該警告過你，下次再勾搭我的男人，我就把你那話兒跟心臟用鹽醃起來，再做成煙燻肉品拿去餵野豬！」

「錯了啦，這是誤會。我跟妳的男朋友只是在研究新的摔角招式而已，應用軍隊戰技的地板纏鬥術。」

「你以為我會信這種爛藉口？」

「沒騙妳。我們練了鎖喉功(Choke Sleeper)然後才變招用咬的——」

「摔角會用那種招式才有鬼啦！」

女子傻眼地如此大吼之後就毫不留情地開槍亂射。吸血鬼驚險地躲開子彈，連滾帶爬地逃了出來。呆若木雞的那月則是張著嘴目送他們。還以為是人類和魔族在火拚，看來似乎只是鬧感情糾紛罷了。

那月心累至極地搖搖頭，然後看向酒館的入口。

昏暗的小店，店裡只有吧檯跟四張小桌。酒保是個高大的黑人，店裡沒有客人的身影。

「小姑娘，妳是迷路了嗎？這兒可不是像妳這種丫頭（小鬼）該來的地方。」

酒保察覺那月踏進店裡便出聲招呼，理性口吻與粗壯外表並不搭調。

「特勞恩商會介紹我來的。」

那月靠近吧檯以後就報出布雷德家使用的空頭公司名稱。酒保瞇起眼睛，打量似的看向那月全身。

「妳是……『空隙魔女』嗎？但我聽說『血天平』的伍德・赫斯利希是妳宰的……」

「幫我聯繫情報商——菲德蘭斯・拜伯（Fer-de-lance Viper）。」

那月在吧檯上放了幾張紙鈔。酒保將裝了柳橙汁的玻璃杯擺到吧檯上，視線望向那月背後。

「——找我有什麼事，小姑娘（Frau）？」

露出輕浮笑容朝那月走來的人是方才被女子索命，理應已經逃掉的吸血鬼青年。看來他似乎順利逃過對方，就回到這家店了。

「你就是菲德蘭斯・拜伯？」

那月板起臉抬頭看了青年。根據布雷德家的調查，拜伯這名男子應該是通曉黑社會情資的一流情報商，感覺他這副猶如小混混的打扮怎麼看都不配當那樣的大人物。

「叫我菲爾就好，南宮那月。沒想到傳聞中的魔族殺手會是這樣的小姑娘。」

菲德蘭斯・拜伯一邊戴上廉價的墨鏡一邊露出賊笑。

「『空隙魔女』南宮那月，父親南宮尚匡是魔法暗號專家，母親那那星則是聖域條約機構的職員。從年幼時便展現出對魔法幾何學的卓越才華，與聖域條約機構一同打擊國際人口販子，貢獻匪淺。遭受的報復就是父母以及胞弟被『血天平』殺害。據傳妳本人生死不明，但妳悄悄地活了下來，還以受詛的黃金戒指與惡魔訂契約，成為魔女，獲得力量的代價是——唔！」

青年一臉得意地滔滔不絕的說話聲突然中斷了，因為從那月袖口射出的銀色鎖鏈纏住了他的喉嚨。那月連一聲「閉嘴」都沒說出口，就勒起吸血鬼的喉嚨。

「喂……投降，我投降！很難受耶！」

「回答我問的問題就好，情報商。凱伊・舒巴人在哪裡？」

「呃，沒用啦。這我搞不清楚。」

「……！」

那月失望地咂嘴，然後默默地使勁拉了鎖鏈。青年發出「唔喔」的蠢蠢呻吟並拚命搖頭。縱使吸血鬼是以堅韌生命力為豪，窒息造成的缺氧痛苦仍與普通人別無二致。

「錯了錯了！我並不是不曉得，而是搞不清楚！因為凱伊・舒巴外出都是搭軍用的隱形

直升機！」

「隱形直升機？」

那月稍稍放鬆鎖鏈。青年猛咳著點點頭。

「……凱伊．舒巴在薩利安市內有十幾處大得離譜的據點，他肯定就躲在據點。只不過，人躲在哪個據點裡面就實在查不出來了，畢竟到處都有在傳假消息。」

「這表示……只能將他的據點統統抄掉嗎？」

那月右手隨意一揮，消掉了鎖鏈。

她並沒有無條件相信青年所說的話，但對方身為情報商的能耐，從他準確地說中那月理應無人知曉的來歷就已得到了證明。

一臉痛苦地調適呼吸的青年用傻眼的目光凝視那月說：

「妳是認真的嗎？凱伊．舒巴手裡擁有四百名魔族私兵耶。何止這個國家的警察動不了他，連軍方都無法胡亂對他出手。」

「反正我本來就打算殺光『血天平』的成員，這樣省去了找人的工夫。何況戰力要是分散在十幾個據點，某方面來說，要擊垮那幫人正是機會吧？」

那月凶狠地笑著說了。青年虛弱地苦笑。

「唉，我懂妳的心情，但是算了吧。凱伊．舒巴真正的用意就是用那種方式消耗妳。」

「凱伊．舒巴有哪些據點，把你曉得的都給我說出來。」

「喂喂喂，好歹聽人講句話吧。」

有些焦急地嘀咕的青年懷裡冒出手機震動的動靜。不好意思——拿出手機的他看了畫面，眼神變得銳利。

「是特勞恩商會告訴妳我的名字對吧——表示妳認識費歐瑞菈．布雷德？」

「那又如何？」

那月用攻擊性的眼神瞪了青年。即使他曉得空頭公司背後的正身，事到如今也不是什麼值得驚訝的事。

然而青年的下一句話，卻連那月都難掩動搖。

「布雷德家的宅第被凱伊．舒巴的手下襲擊了，護衛全滅，費歐瑞菈．布雷德則是下落不明。」

裝柳橙汁的玻璃杯從說不出話的那月手中滑落，伴隨著慘叫般的尖銳聲響碎裂四散。

3

讓情報商青年開車載回布雷德家的那月對悽慘的景象說不出話來。

大宅內到處被子彈轟得千瘡百孔，原本優美的庭園全燒光了。保護宅第的那些警備員都成了不留原形的慘死屍首，建築物外牆更用他們的血漿畫上象徵天平座(Libra)的符號。名符其實的血天平。還有——

「莉莉！莉莉．齊勒！」

高個兒侍女倒在會客廳，那月急忙趕到她的身邊。

莉莉全身上下被人從背後開了十幾槍，即使如此她仍活著。為了讓痛苦拖久，凶手刻意避開要害。

「那月……小姐……妳平安無事嗎……太好了……」

倒在血泊中的莉莉聽見那月呼喚，便微微睜開眼睛。

「別說話。我立刻送妳到醫院。」

那月不顧禮服會染血，抱起了莉莉的上半身。然而侍女的體溫卻冷得嚇人，肌膚顏色像屍體一樣蒼白。

「萬分抱歉……我們家小姐就……拜託妳了……」

莉莉擠出最後餘力指了沙發的死角。隨後，她就像繃斷的絲線，全身失去了力氣。

「莉莉……！」

那月讓斷氣的侍女輕輕橫躺下來，並且咬緊了嘴唇。

流不出眼淚。那月在現實世界的身體是以魔力塑成的人造物，無論再怎麼悲傷也流不出眼淚。此刻她感謝這一點。因為那月沒有資格替莉莉流淚，為自己的復仇連累無辜的那月沒有資格。

「唉。連傭人都全部滅口啊，下手這麼狠。」

從那月後頭追來的吸血鬼不悅地蹙眉說道，接著他想走進莉莉躺著的會客廳，就發出了微微的慘叫。在進門那一瞬間，青年眼前迸出青白色火花。

「好痛！這是什麼，結界嗎……？難不成是妳玩的花樣，南宮那月？」

「是啊……不過，那些都已經白費了。」

會客廳布設的結界可以驅逐入侵者，這是那月為防萬一，暗中安排的。雖然防禦力只能求個心安，卻具備了及早通知那月有外敵入侵的機能。然而都白費了。

那月的空間操控魔法也並非萬能。王都薩利安離這座宅第有幾十公里遠，她沒辦法在一

瞬間往返兩地。

「不是妳害的。和『血天平』作對，遲早有可能變成這樣。」

青年彷彿在關心沉默的那月，淡然說道。

是啊——那月也表示同意。明知有可能連累莉莉等人，卻沒有跟她們斷絕關係，是那月的責任。因為她們有利用價值，所以沒辦法割捨，或者是因為有她們在的這塊地方實在太舒心了。

「費歐瑞菈·布雷德被帶走了嗎？哎，畢竟她還有用途。布雷德家的龐大資產極具魅力，又可以充作人質對付妳……那些數字是？」

吸血鬼青年的視線停留在莉莉最後指的地方。不容易被人注意到的沙發死角，在潔白的地毯上頭用深紅線條寫了幾個數字。那是莉莉於死前用自身鮮血留下的字跡。

「搞不懂。恐怕是電話號碼……但是費歐瑞菈並沒有用手機才對。」

那月用困惑的語氣說道。由於雙腳不方便，費歐瑞菈幾乎沒有離開過宅第，就沒有必要使用手機。話雖如此，莉莉想必也不會留其他人的電話號碼給那月。

「慢著……我懂了。原來是這麼一回事。」

吸血鬼青年拿出自己的手機輸入數字，理解似的自己嘀咕起來。那月看似不耐煩地瞪向青年問：

「什麼意思，情報商？」

「這是位置資訊服務的驗證碼。看來費歐瑞菈・布雷德對綁架早有防範，事先在體內藏了發訊器。」

「你說發訊器？那麼……」

是的——青年神情嚴肅地回答訝異的那月。

「她是想告訴妳凱伊・舒巴的藏身處，不惜賭上性命。」

4

能放眼眺望薩利安市區的古老行館，是「老將」凱伊・舒巴鍾愛的巢穴。據說這裡在過去曾用來軟禁爭權落敗的王室成員，是棟別有來歷的建築。如此有歷史淵源的建築物，很少人會懷疑是犯罪結社的重要據點。

事實上，與「血天平」敵對的勢力就從未入侵過這座行館。至少到今天為止——

「……來了嗎？」

從地下響起了猛烈爆炸聲，讓凱伊・舒巴發出不為所動的嘀咕。

隨後，館內的電燈一起熄滅了。自家發電機遭到破壞了，館內由電力操控的陷阱幾乎都因此失去效能。

然而，舒巴已經發現對地下的攻擊純屬聲東擊西。因為對使用空間操控魔法的「空隙魔女」來說，陷阱根本不具任何意義。破壞發電設備，應該是為了吸引館內那些警備人員的注意力。

舒巴坐在位於行館深處的一間廣闊房間——招待樂團舉辦演奏會所用的大廳。

坐輪椅的費歐瑞菈．布雷德被擱在舞台內，儘管兩隻手臂被綁著，嘴巴也被塞住，她仍毫髮無傷。有別於赫斯利希那些低賤的吸血鬼，舒巴身為獸人，並沒有興趣抓小丫頭吸血。

「歡迎妳，『空隙魔女』——」

在只有緊急照明提供微弱燈光的一片昏暗中，舒巴緩緩朝背後回過頭。他靠著獸人特有的敏銳感官察覺到空間移轉引發的大氣晃動。

「虧妳能走到這一步。妳暗殺了我們『血天平』的五名大幹部，好像還讓兩百名以上的成員無法再起。了不得，魔族殺手的外號名不虛傳。」

「……你這傢伙，就是『老將』凱伊．舒巴？」

嬌小魔女穿著一身豪華禮服，冷冷地瞪著舒巴問道。舒巴咧了咧薄薄的嘴唇，愉快地從喉嚨發出咯咯笑聲。

「像我這種枯瘦老頭能當上『血天平』的大幹部，讓妳覺得不可思議嗎？但是，對我們這種龐大組織來說，個別的戰鬥能力並沒有多大意義。如妳這般的暗殺者之流，恐怕是一輩子也不會理解。」

「你的人望似乎不如嘴皮子響亮啊，『老將』。」

那月用掃興的嗓音朝舒巴喚道。言下之意，是在諷刺保護他這座行館的戰力比預料中還要薄弱。

「光是找人湊數，要對付妳也沒有意義。我可有說錯，『空隙魔女』？」

然而，舒巴卻愉悅地這麼告訴她。

那月並未回答他的問題就從虛空射出了銀鏈。由死角施放的必殺魔具劃過大氣，襲向老獸人矮小的身軀。但——

「！」

下個瞬間，反而是那月訝異得皺起臉。在觸及舒巴的身體前，那月的銀鏈就像被看不見的牆所阻，悉數遭到擊落。

「憑妳這種小丫頭，也想跟我凱伊·舒巴在對等的立場交手？」

老獸人露出刻薄的笑容問那月。隨後，空間如漣漪般搖曳生波，有三道苗條人影現身將那月包圍。

「利用人質，將妳凌遲至死也不壞。但是我在想，對妳來說，當著老夫眼前被這些爪牙打倒，是不是更加屈辱呢？」

「魔女嗎……！」

那月環顧新出現的三名敵人，繃緊了臉。那月反射性射出的銀鏈被出現在魔女們面前的灰色沙暴所阻。

不久沙暴便提高密度，化成了凶猛魔物的模樣。以沙構成的灰色騎士像。跟魔女訂下契約的惡魔眷獸──名為「守護者」的冥界居民。

它們是魔女的力量來源，同時也是監視魔女的存在。如果魔女毀棄跟惡魔的契約，它們就會立刻殺了魔女，奪走其魂魄。但是，只要遵守與惡魔之間的契約，它們就會賦予魔女超越人類極限的龐大魔力。

「『沙之魔女』……！妳是潔路．賓茲坎！」

那月察覺敵方魔女的身分，便微微地咬牙切齒。

賓茲坎三姊妹包括長姊潔路、二姊雅慕、么妹施，她們在歐洲各國搶劫過六間銀行，造成四十人以上犧牲，是全球通緝中的凶惡魔導罪犯。凱伊．舒巴似乎暗中僱用她們來當成對付那月的王牌。

以沙構成的灰色騎士像輕易便能鑽過那月的銀鏈，就算砍斷手腳，飛濺的沙子也只會立刻聚集再生。

那月直接針對魔女們的本尊攻擊，卻被突然出現的泥牆所阻。

接著，有一團詭異蠢動著的生物襲向那月。蛾、蠅、蜂、蚊，萬般害蟲群聚在一起，塑成了人的形體。

「泥巴……？還有昆蟲是嗎……！」

那月立刻想靠空間移轉後退，然而敵方魔女的干擾卻讓她的空間操控魔法無疾而終。

「跟同樣被惡魔附身的對手廝殺，感觸如何？」

凱伊．舒巴看著因為反作用力而腳步踉蹌的那月，看似滿意地笑了。沙與泥，還有昆蟲，全是那月操控的魔具「規戒之鎖」最不好對付的敵人。這應該不是巧合，凱伊．舒巴料到會如此才找來了三姊妹。

「絕望吧，丫頭。」

「成為魔女還不到一年的菜鳥——」

「休想勝過我們姊妹！」

賓茲坎三姊妹伴隨著高笑發動攻勢。三具「守護者」來襲，那月朝它們發出強烈的爆壓。靠魔法扭曲空間造成的衝擊波。

然而，粉碎四散的「守護者」碎片很快就聚集在一起，再次化為實體。

「……！」

費歐瑞菈看那月被逼到困境，便發出模糊不清的呻吟。

而那月只是望了朋友一眼，就慵懶地撥起黑色長髮。

面對那月莫名的超然態度，魔女三姊妹現出了憤怒。

「不就叫妳絕望了嗎！」

沙構成的騎士像朝那月揮下拳頭。帶有魔力的沙塊總重量超過一噸，若是直接挨打，那月嬌小的身軀恐怕不堪一擊。

可是，「守護者」的攻擊沒能觸及那月。

因為有巨大手掌毫無預警地從虛空出現，擋下騎士像的攻擊。

「——起來，輪環王（Rheingold）。」

那月靜靜地發出細語。

應其呼喚，沉重的齒輪聲響起，聽來恰似震撼大氣的野獸咆哮。

如蜃景般搖動世界的巨大身影出現在那月背後。其全長跟潔路・賓茲坎用沙子聚形而成的「守護者」一比，起碼高了十倍。

兼具優雅及狂野，身披金色甲冑的人型身影。以機械裝置組成的黃金騎士。面對本想攻擊那月的沙之「守護者」，黃金騎士只用了右臂就輕易將其捏碎。

「太荒謬了……不可能，不可能……！」

「守護者」遭到破壞，三姊妹的長姊臉色發青，倉皇退後。

「什麼玩意兒啊……這具怪物……！」

「難道說……這就是『空隙魔女』的『守護者』……！到底要付出多大代價，才能獲得這種程度的力量……！」

另外兩名魔女早就喪失戰意，跪到地上。

即使如此，黃金騎士仍未停止攻擊。覆有厚實裝甲的拳頭隨意一揮，便輕鬆將另外兩具「守護者」粉碎。那月放出了銀鏈，將茫然自失的三名魔女全部擊倒，她們這才完全沉默。

「這就是……據說能支配世界的『受詛黃金（Rheingold）』之力……？」

凱伊・舒巴仰望占滿大廳的巨大黃金騎士像，聲音為之顫抖。

所謂「守護者」，就是惡魔作為契約代價賦予魔女「用以實現自身願望的力量」。換句話說，「守護者」的力量之強，與惡魔所訂的契約之重呈正比。縱使如此，黃金騎士像散發的魔力仍超出了常軌。

表示那月為了復仇所追求的力量就是如此巨大。

「唔……！」

舒巴變身成狡獸模樣，還想以獸人特有的膂力逃走。然而逃不到幾步，他就發出慘叫跌倒了，因為那月鋪設的銀色鎖鏈像吊繩陷阱一樣纏住了他的腳踝。

「慢、慢著，『空隙魔女』——我跟妳交易！」

舒巴帶著好似被逼急的表情對悠然接近的那月叫了出來。

「交易？」

那月用可怕的沉靜語氣反問。

舒巴滿是皺紋的臉上掛著卑微笑容，並且點了頭。

「沒錯。我讓妳成為『血天平』的一分子……不，就讓妳跟老夫一樣當幹部！妳宰掉的赫斯利希和戈爾茲，那些人的地盤和權益也全部給妳！」

「你想講的就只有這些嗎，下三濫？」

伴隨金屬磨合的聲響，站在那月背後的黃金騎士像舉起了手臂。舒巴以交雜恐懼及憤怒的眼神瞪向那月說：

「這樣好嗎？老夫一死，妳可就永遠也不知道『貪圖者』的下落了……！」

「什麼……？」

那月如玻璃珠一樣毫無感情的眼睛有了些許動搖。舒巴大概是從中看到了一絲希望，就帶著央求般的表情蹭向那月說：

「妳、妳的目的，是要替被殺的家人報仇吧？老、老夫可以幫妳！所、所以——」

「抱歉，我不能答應這項交易。」

那月的話還沒說完，黃金騎士像的巨手就把老獸人抓了起來。

或許舒巴正想哀號，但是，他的聲音被扭曲的空間吞沒，沒能傳進那月等人的耳朵。黃金騎士像僅在虛空中留下漣漪般的震波，就與舒巴一塊完全消失了。

「我的靈魂，老早就出賣給惡魔了。」

那月只在嘴裡落寞地喃喃嘀咕，便將目光轉向被留在舞台上的輪椅少女。如今在大廳之中，只剩那月與她。

「那月……謝謝妳。妳趕來救了我呢。」

或許拚命掙扎並未白費，費歐瑞菈正好靠自己掙脫了嘴邊的口栓。那月默默望著從恐懼中獲得解脫而放心地吐氣的她一陣子。

「不，妳錯了，費歐瑞菈·布雷德。」

接著那月看似落寞地笑了。她以符合魔女之名的冷酷語氣斷言：

「——我是來向妳復仇的，『貪圖者』。」

5

費歐瑞菈明顯地眨了一次眼睛，然後露出溫和的笑容微微偏過頭。

「妳是從什麼時候察覺到的呢？」

她並未慌亂失措，還用含笑的柔和語氣問道。

而那月就更加面無表情地回望輪椅少女。

「我從最初就一直在懷疑。不求任何回報就願意提供庇護給被『血天平』追殺的我，還將資金與情報交付予我——妳的存在，對我而言實在太過湊巧了。」

「可是要察覺我的身分，妳應該沒有決定性證據。」

「到今天為止，是的。」

那月的嗓音裡首度流露出憤怒。她想起了朋友在痛苦中死狀甚慘的模樣。

「妳為何要動手殺了莉莉．齊勒？」

「殺她？殺了莉莉，妳說我嗎？」

費歐瑞菈訝異似的挑眉。然而，那月挖苦般繼續說下去。

「除了妳以外不可能有別人。身為人類的妳大概沒有察覺，那間宅第設有我布下的結界，以便我在不速之客上門時可以立刻察覺。」

「咦……？」

「但是實際上，在情報商告知以前，我都沒有察覺宅第遭人襲擊。何止如此，莉莉・齊勒被殺的房間裡，結界甚至沒有被打破。這就代表，根本沒有來自外界的入侵者。」

「……表示能在那個房間射殺莉莉的人，就只有我了。是我疏忽。」

費歐瑞菈大概是領悟到再繼續辯解也沒用，便乾脆得令人訝異，認了自己的不是。

「回答我，費歐瑞菈。妳為何要動手殺了莉莉・齊勒？」

人偶般的稚氣臉龐滿是盛怒，那月如此逼問輪椅少女。

莉莉並不知道身為主人的費歐瑞菈是何身分，她真的相信費歐瑞菈在與「血天平」對抗。正因如此，那月直到最後都沒有澈底懷疑過費歐瑞菈。費歐瑞菈是為了欺瞞那月才利用莉莉，而且還為此殺了她。

「殺莉莉，是為了讓妳真正憤怒，更是為了讓妳收拾凱伊・舒巴。」

費歐瑞菈環顧留有死鬥痕跡的大廳，嫣然微笑。

「什麼……？」

「很遺憾，讓妳以為我被綁架的策略未奏效就結束了，不過也罷。反正最終目的已經達

成了。」

「凱伊．舒巴不是妳的部下嗎？」

那月露出疑惑的表情，費歐瑞菈便一臉傻眼地仰望她嘆氣。

「部下？妳也看見了，他輕易就打算背叛我吧？還不只凱伊．舒巴，其他幹部也都差不了多少。」

費歐瑞菈設法保持冷靜的嗓音裡流露出無法盡掩的憤怒。

「他們應該也懷有不滿吧。上一代的『貪圖者』——我父親死後，由我這種毫無能力的人類小丫頭接下總帥寶座。儘管我靠布雷德家的財力與政治力設法管住了他們，不過將來窩裡反只是遲早的事。」

「所以，妳就利用我殺了他們？」

「又沒其他辦法。反正早晚會遭到背叛，就該趁早先背叛他們才好。生而為人，這反而是理所當然的判斷吧？」

啊哈——費歐瑞菈帶著亮麗笑容，張開了雙臂。

「我是感激妳的喔，那月。多虧有妳，這次我才能完全將『血天平』掌握到手裡。」

「妳認為我會坐視不理？」

那月將伸出的右手朝向輪椅少女。用不著喚出「守護者」。費歐瑞菈不過是無力的凡

人，用上些許魔力就能讓她斃命。

「呵呵，好恐怖的臉……但是，沒用喔，妳殺不了我。」

然而，費歐瑞菈毫不畏懼地望著那月微笑。

「魔族殺手『空隙魔女』——這個外號，同時也是妳對自己所下詛咒的名稱。我只是區區人類，並非魔族，妳就無法用魔女之力殺我。這正是妳跟惡魔訂下的契約。假如打破這項契約，妳的靈魂立刻就會被打入地獄。」

少女說完的同時，粗魯的腳步聲便傳來了。設在大廳四周的通道有成群武裝過的魔族蜂擁而來。

「這些傢伙是……」

那月嫌惡地咂嘴。包圍大廳的魔族總共約六十名。沒想到行館內還留有這麼多兵力。

「直屬於『貪圖者』的戰鬥部隊——『血天平』的頂尖戰力。如凱伊．舒巴所說，對我們這種龐大組織來說，個別的戰鬥能力根本沒有意義。跟魔女交手而大受消耗的妳，覺得自己逃得過他們嗎？」

「逃？我嗎？擊潰你們可是我的目的喔。」

那月毫不鬆懈地一邊備戰一邊反問。

「像這樣嘴硬的妳，能撐到什麼時候呢——？」

費歐瑞菈同情似的搖頭，然後舉起右手準備命令部下們攻擊。

就在隨後，伴隨爆發性的魔力洪流，大廳的牆壁被轟開了。

被破壞的並不只牆壁。

行館的建築本身倒了一半，隔著坍塌的天花板可看見外頭景象。原本包圍大廳的魔族有五六名受到這陣爆炸牽連，當場讓他們變成了無力再起的重傷人員。

「出、出了什麼事……？」

費歐瑞菈因揚起的粉塵猛咳，一邊漫無目標地問。

從瀰漫的爆炸煙塵另一頭現出身影的人，是個金色長髮隨風飄逸的年輕男子。

他用昂貴墨鏡遮著染成深紅的眼睛，還換上剪裁合宜的純白三件式西裝，給人的印象就截然不同。但是那月認得那張臉。

「──情報商！你為什麼會在這裡？」

「我當然是來擊垮『血天平』的啊。」

吸血鬼青年──菲德蘭斯．拜伯露出白色犬齒，凶狠地笑了出來。輕浮的形象跟白天見面時一樣，然而青年此刻身懷的魔力卻凌駕於那月認識的任何一名吸血鬼。

「事情就是對『血天平』感到厭惡的並非只有妳，空隙魔女。」

青年隨手釋出的魔力化成了龐大召喚獸的模樣。

濃密得足以具現成形的魔力聚合體。那是條全長達幾十公尺的鐵灰色巨蛇。被銳利刃狀鱗片包覆的蛇身掃過費歐瑞菈麾下的那些魔族，單方面展開屠殺。

「吸血鬼的眷獸？這種荒謬的威力是怎麼來的……！」

費歐瑞菈全身發抖，幽幽地發出驚呼。在這段期間，青年又召喚了第二頭眷獸，反過來將費歐瑞菈那些想逃走的部下逼到絕路。

「毒蛇（Viper）……我懂了，你是迪米特列．瓦特拉……！戰王領域的『蛇夫』嗎！」

那月想起了人稱最接近吸血鬼真祖的男子——同時也是以「戰鬥狂」聞名的凶暴貴族姓名，便不悅似的瞇起眼睛。

菲德蘭斯．拜伯是假名，情報商這項職業也是為了欺騙外界的假身分。在酒館巧遇情場糾紛，應該也是演來騙那月的短劇。

何況他既然是戰王領域的貴族，即使擁有自己的情報網或諜報機關也不足為奇。之所以曉得那月的經歷，理由大概就是如此。

「我們奉了第一真祖『遺忘戰王（Lost Warlord）』的敕命，目前正與歐洲的攻魔師機構相互配合，執行撲滅『血天平』的任務。」

瓦特拉毫不慚愧地望著那月說道。

接著，他就將滿不在乎的視線投向輪椅少女。

「妳做得太過火嘍，『貪圖者』。身為人類的妳，假如想支配魔族當成犯罪的道具，以戰王領域的立場就無法坐視不管。」

「所以你才利用我，把『血天平』的戰鬥部隊聚集在一處，『蛇夫』——好比我利用那月，肅清那些大幹部一樣。」

費歐瑞菈抵抗瓦特拉散發的鬼氣壓力，有些認命似的苦笑。

「會讓『空隙魔女』比我早一步抄掉那些大幹部，坦白講，是我失算。多虧如此，我的獵物都沒了。至少妳帶來這裡的部下都要陪我解悶——！」

瓦特拉單方面像這樣宣布以後，就開始掃蕩「血天平」的成員。費歐瑞菈的部下們也開始應戰，實力上卻有壓倒性差距。瓦特拉那套純白三件式西裝立刻染上敵人濺的血，遭蹂躪的魔族屍體逐漸堆積成山。

「看來，似乎就到此為止了。」

費歐瑞菈靜靜吐氣，並以莫名沉穩的表情朝那月喚了一句。

六大幹部盡失，作為主力的戰鬥部隊瓦解也只是時間問題。歐洲最大的魔導犯罪結社「血天平」將會垮台，已經任誰也阻止不了。

比任何人都明白這一點的費歐瑞菈眼裡浮現了絕望與瘋狂的光彩。

「殺不了我可真遺憾呢，那月。我是殺妳家人的仇敵吧？」

費歐瑞菈拿出藏在身上的手槍。應該是在射殺莉莉之際用的，自動式軍用手槍。

接著她就把槍口對準自己的下巴底下。透過主動尋死，從那月手中永遠剝奪復仇雪恨的機會——懷有如此殘酷決心的行動。

然而趕在費歐瑞菈扣下扳機之前，那月射出的銀鏈已先打掉軍用手槍。銀鏈直接纏住費歐瑞菈，完全封住她的動作。

「費歐瑞菈．妳弄錯了一件事。」

那月毫無反應地承受費歐瑞菈投來的憎恨眼光，並且告訴她。

「妳說……我弄錯了？」

「魔族殺手是你們擅自取的外號，我可沒有殺妳的部下。」

那月背後有短短一瞬間浮現出巨大的幻影。那是被斷崖從四面包圍的流放島幻影。島中央有跟石山化為一體的古老聖堂，透過光影搖曳，看起來也像巨大的軍事要塞——不，那就像監獄。

那異樣的幻影面貌不禁讓費歐瑞菈倒抽一口氣。

「……結界？而且規模如此龐大……？」

「在我夢中構築的異世界，與時間之流切離開來的牢獄。任何魔導罪犯都無法從靜止的時光中逃出，妳大可永永遠遠地懺悔自己所犯下的罪。」

「那月……妳……！」

費歐瑞菈結凍似的吐出一縷氣息。那月為了換取魔女的強大力量，與惡魔訂契約的代價究竟為何——她也明白其中真相了。

如同夢蝶之喻，剎那的一瞬可在夢中化為永恆。

在構築於異世界的牢獄當中，那月將作著永不醒來的夢，為了把那些魔導罪犯隔離在靜止的時光之中。

然而這也代表身為結界管理者的那月本身永遠都不能醒來。

這就是她被稱為「空隙魔女」的真正能力，更是加諸她身上的詛咒。

「從我身邊奪走家人的妳別以為可以在一瞬間就輕鬆死去，費歐瑞菈．布雷德。」

那月以不具溫度的嗓音嘀咕。費歐瑞菈彷彿想表達些什麼，正準備開口，卻又默默地垂下目光。下個瞬間，費歐瑞菈的身體就像溶入黑暗一樣消失得無聲無息。她被吞進那月的結界了。

那月低頭看向失去主人的輪椅，發出短短嘆息。

而在那月背後，有人送上了不搭調的掌聲。

「哎，漂亮。這樣一來，於名於實消滅掉歐洲最大犯罪結社『血天平』的都是妳了，想殺妳揚名的傢伙應該也會變多。畢竟，妳本身八成也到處跟人結下了怨仇。」

身為吸血鬼的青年貴族用對那月由衷讚賞似的口氣朝她喚道。

那月一臉厭惡的表情瞪向他。

瓦特拉的周圍瀰漫著令人反胃的強烈血味。他在這短暫的時間內就成功擊潰了「血天平」號稱頂尖戰力的兵團，然而他卻對那月露出染血的獠牙，彷彿在說自己還不過癮。

「在他們尋仇之前，我該不該趁現在吞了妳呢？」

「…………」

那月的眼睛冷冷地映出瓦特拉深紅發亮的挑釁雙眸。

雙方視線交會了一瞬。

瓦特拉莫名滿足地忍俊不禁，使得緊繃的氣氛一舉放鬆。

「開玩笑的。彼此都有漫長人生要過，要替以後留點樂子才行。」

瓦特拉以作戲般的態度聳聳肩，然後開口並背對那月。

「後會有期嘍，『空隙魔女』——我會祈禱下次能與妳以敵人的身分見面。」

青年貴族將身影化為金色之霧，逐漸消失於夜色當中。

獨自被留下的那月又一次回頭看了擺在舞台上的空輪椅，然後仰望天空。

彷彿在忍著不讓看不見的淚水流下，她一直仰望著異國的夜空。

6

「那月美眉！」

彩海學園高中部的教員室校舍——

坐在英文科教職員辦公室桌前的南宮那月聽到耳熟的男學生抗議的聲音，便生厭地發出長長的嘆息。

窗外有廣闊無際的海平線，以及全新的無機質人工大地。位於東京南方海上三百三十公里處，遠東「魔族特區」的景色。

盛夏的海風吹來，讓鑲有蕾絲的禮服下襬輕靈搖曳。

原本於歐洲復仇度日的那月因緣際會回到日本後已經過了十一年。

那月的身體從那時候就毫無變化。她的真身目前仍待在停止的時光中，持續作著無盡的夢，跟惡魔訂契約得到的能力也一如當時。就算復仇結束，失去的父母與弟弟也不會回來。

即使如此，倒也不是都沒有改變。

「欸，我說那月美眉！妳有在聽嗎？太奇怪了吧，作業居然多成這樣！我沒能去上課，

基本上都是瓦特拉那傢伙引發騷動害的——」
那月望著拚命對她訴苦的學生，內心湧上奇妙的感覺。
雖然外表的可愛程度有天壤之別，這種不死心的性子倒有些似曾相識。
「……那月美眉？」
曉古城大概是對沒有反應的那月感到疑惑，擔心似的探頭看了過來。而那月就伸指彈了他那毫無防備的額頭，還附贈空間操控的衝擊波。
「別用美眉稱呼你的班導師。」
那月瞥了一眼喊著「唔噢」痛得往後仰的他，然後用冷冷的語氣說道。
古城淚汪汪地縮成一團，但他好歹也是世界最強的吸血鬼，這點程度的傷害應該沒什麼大不了。
東拉西扯之間，穿女僕裝的嬌小少女端著銀色托盤過來了。
「教官，我拿了續沖的紅茶過來。」
「好，辛苦妳了。」
那月從藍髮人工生命體少女手中接下茶杯。
輕輕飄散的藥草香味讓那月赫然睜大眼睛。
「這種味道……是薰衣草嗎？」

「我表示肯定。據稱含有舒緩緊張、安神、鎮靜、止痛的療效……是否有問題？」

人工生命體少女依舊面無表情地微微歪過頭。

那月像在追尋懷念的記憶一樣垂下目光，並且望著冒出蒸氣的紅茶表面。

「不，很美味。」

那月看著有些自豪似的點頭的人工生命體少女，不自覺地露出微笑。

澄澈的夏季藍天明亮照耀著她們的身影。

後記

就這樣，《噬血狂襲 APPEND2》已向各位奉上。

本作是將動畫《噬血狂襲》當成DVD／藍光光碟購入特典發表的四段系列短篇，添寫修正為文庫出版用的篇章。以時間順序來說，位於文庫第五集和第六集之間。劇情為〈觀測者之宴〉事件的後話。由於兼有向未讀原作的觀眾做介紹之效，客串角色的演出率略高。這樣能讓在正篇描寫不足的他們重新出場活躍，因此我個人每次寫作時都樂在其中。

若您能一塊享受彩海學園的校慶，便屬甚幸。

■有關〈前夜祭〉

魔導罪犯梅雅姊妹再次登場的一回。文庫第五集曾描寫到變成蘿莉的那月，但這次另有意想不到的人變成女童。

我自己也有過經驗，陪親戚或朋友的小孩一起玩固然有趣，卻非常消耗體力呢。希望大

家能對每天都如此刻苦耐勞的家長跟保姆表示敬意，也能體會古城的辛勞！

■有關〈揭幕〉

深森小姐再次登場的一回。雖然能發表的機會不多，但我喜歡這種單純的烏龍喜劇，也會想定期寫幾篇。在這次以彩昂祭為主題的系列短篇當中，我也覺得這篇作品大概最有辦校慶的味道（與自家作品比較）。說來滿瑣碎的，不過MAR公司研究那種藥品的理由有種謎樣說服力，我很中意。

■有關〈彩昂祭的晝與夜〉

雪菜在班級話劇演主角的設定在很早的階段就敲定了，但是演什麼戲碼卻讓我煩惱到最後一刻。結果基於外表的趣味性，加上要安排武打場面，就讓她演了現在這種角色，不過以畫面而言，我又覺得凪沙分配到的角色好像比較吃香。雪菜和優麻搶先於番外篇聯手出擊，是個滿讓人熱血沸騰的重點。假如頁數允許，我會希望將古城和淺蔥逛校慶的情節描寫得更細膩一點。

■有關〈閉幕，然後……〉

古城他們班推出的活動是鬼屋，因此我想在最後寫些應景的情節。故事中出現的某姬路城妖怪（於執筆原稿當時）較缺乏知名度，我曾擔心能不能順利表達出形象，但最近多虧某款手機遊戲，她似乎一舉變有名了。這篇作品也相當偏喜劇性質，不過有種節慶感，偶爾為之應該尚可，畢竟正篇不太能寫到這樣的情節。

■有關〈Early Days〉

這一篇與其說是番外篇，不如稱作外傳，是那月與古城等人認識前被稱作「魔族殺手」那段時期的故事。這起事件成了那月離開歐洲的契機，之後她漂泊至絃神島，最後就當了古城等人的班導師。不過若是有機會，我也想寫寫看更早之前那月在學生時期的故事。

那麼那麼，《噬血狂襲 APPEND》大致就如此向各位奉上了，不過番外篇將會暫時休息，下回我希望再次奉上系列正篇的後續，還請各位繼續賜教。

道。

將來我也還想寫跟這次類似的短篇系列，因此若有期望看到的角色或情節，煩請讓我知道。

負責本作插畫的マニャ子老師，誠摯感謝您這次也完成了精美的畫作。

製作／發行本書的所有相關人士，我也一併致上由衷的謝意。

當然，對於讀完本書的各位讀者，我也要致上最高的感謝。

但願我們還能在下一集相見。

三雲岳斗

國家圖書館出版品預行編目(CIP)資料

噬血狂襲APPEND 2 彩昂祭的書與夜 / 三雲岳斗作 ; 鄭人彥譯 -- 初版. -- 臺北市 : 臺灣角川, 2020.02

面 ;　公分 -- (Kadokawa fantastic novels)

譯自 : ストライク・ザ・ブラッドAPPEND 2 彩昂祭の昼と夜

ISBN 978-957-743-553-8(平裝)

861.57　　108021208

Kadokawa
Fantastic
Novels

噬血狂襲 APPEND 2
彩昂祭的晝與夜

（原著名：ストライク・ザ・ブラッド APPEND 2 彩昂祭の昼と夜）

2020年2月20日 初版第1刷發行

作　者：三雲岳斗
插　畫：マニャ子
日版設計：渡邊宏一
譯　者：鄭人彥

發行人：岩崎剛人
總經理：楊淑媄
資深總監：許嘉鴻
總編輯：蔡佩芬
編　輯：孫千棻
美術設計：黃永漢
印　務：李明修（主任）、張加恩（主任）、張凱棋

發行所：台灣角川股份有限公司
地　址：105台北市光復北路11巷44號5樓
電　話：（02）2747-2433
傳　真：（02）2747-2558
網　址：http://www.kadokawa.com.tw
劃撥帳戶：台灣角川股份有限公司
劃撥帳號：19487412
法律顧問：有澤法律事務所
製　版：巨茂科技印刷有限公司
ISBN：978-957-743-553-8